Bibliografische Information der Deutschen
Nationalbibliothek:
Die Deutsche Nationalbibliothek verzeichnet diese
Publikation in der Deutschen Nationalbiografie; detaillierte
bibliografische Daten sind im Internet über http://dnb.dnb.de
abrufbar.

© 2022 Axel Fischer
Herstellung und Verlag:
BoD – Books on Demand, Norderstedt
ISBN: 978-3-7568-6136-1

Ein Roman von Axel Fischer

Bereits erschienen von Axel Fischer

Ein Neuanfang nach Maß
BoD - Books on Demand GmbH, Norderstedt
ISBN: 978-3-8391-4167-0

Der Schneekrieg
BoD - Books on Demand GmbH, Norderstedt
ISBN: 978-3-8482-2370-1

Späte Rache
BoD - Books on Demand GmbH, Norderstedt
ISBN: 978-3-7386-0720-8

Ihre letzte Chance
BoD - Books on Demand GmbH, Norderstedt
ISBN: 978-3-7322-8256-2

Bleib bei mir
BoD - Books on Demand GmbH, Norderstedt
ISBN: 978-3-7347-3045-0

Augen ohne Gesicht
BoD - Books on Demand GmbH, Norderstedt
ISBN: 978-3-7386-1670-5

Autor im Glück
BoD - Books on Demand GmbH, Norderstedt
ISBN: 978-3-8423-5767-9

Sekundanten des Teufels
BoD - Books on Demand GmbH, Norderstedt
ISBN: 978-3-7412-5406-2

Der Tanten Liebling
BoD - Books on Demand GmbH, Norderstedt
ISBN: 978-3-7448-3310-3

Reina
BoD - Books on Demand GmbH, Norderstedt
ISBN: 978-3-7460-9259-1

Tarnung aufgeflogen
BoD – Books on Demand GmbH, Norderstedt
ISBN: 978-3-7528-3015-6

Adlersterben
BoD – Books on Demand GmbH, Norderstedt
ISBN: 978-3-7519-7755-5

U-Boot-Alarm im Nordatlantik

1

Eisige Kälte mit Temperaturen von minus 40° Celsius blies ihnen der Schneesturm ins Gesicht. Jede Körperflüssigkeit, die den Kopfbereich verlassen wollte, gefror sofort und verwandelte sich zu Eiskristallen, was auch die besten Thermo- mützen nicht zu verhindern wussten. Mit ihren Händen, die in schweren Kälteschutzhandschuhen steckten, hatten sie sich eine Höhle gegraben, so wie es auch die Eisbären machten, wenn sie sich in ihren Winterschlaf zurückzogen. Doch Eisbären waren diese Kälte gewohnt. Ihr Fell war von Natur aus sogar so ausgelegt, dass sie im eisigen Wasser schwimmen und Robben jagen konnten, ohne das die Kälte je direkt ihre Hautoberfläche erreichte. Nur leider besaßen weder der britische Top-Agent Peter McCord vom MI6 noch seine junge Kollegin Nina Brennan diese wintertauglichen Eigenschaften.

Erschwerend kam in ihrem Fall noch hinzu, dass sie ihr Flugzeug etwa achtzig Kilometer vom eigentlich festgelegten Absprungort wegen eines Naviga- tionsfehlers des Piloten in diese unwirtliche Gegend geschickt hatte und ihr Versorgungscontainer mit allen für diesen Einsatz ausgestatteten Gerät- schaften, Waffen, Munition und Verpflegung irgend- wohin abgetrieben worden war. Wenn sie diesen Container nicht in den nächsten Stunden fanden, war nicht nur der Erfolg ihres Einsatzes gefährdet. Auch ihr Überleben hing maßgeblich davon ab. Die

Möglichkeit, irgendwo an einer Hütte anzuklopfen und um ein Lager sowie Verpflegung zu bitten, bestand in dieser unwirtlichen Gegend nicht. Hier in der sibirischen Einöde nahe der Grenze zur Halbinsel Kamtschatka gab es weder Hütten noch sesshafte Menschen. Die wenigen Nomaden, die hin und wieder mit ihren Herden durchzogen, hatten längst irgendwo in menschenfreundlicheren Gegenden ihr Winterquartier bezogen. Außerdem waren Nina Brennan und Peter McCord ganz sicher nicht zum Abenteuerurlaub hierher gereist. Schließlich befanden sie sich in streng geheimer Mission in dieser Region. Würden sie irgendwo aufgegriffen und enttarnt, bestand keine Hoffnung mehr, dieses Land jemals wieder lebend verlassen zu können.

Niemals wären Nina und Peter zu dieser Jahreszeit freiwillig in diese Region geflogen. Doch weil es den Amerikanern sowie den NATO-Partnern heftig unter den Nägeln brannte und zurzeit keine fähigeren Agenten zur Verfügung standen, um diesen Einsatz erfolgreich abzuschließen, wurden sie ins Feld oder besser in diese eisige Einöde geschickt. Ausgelöst hatte diesen Einsatz ein Fischtrawler im Nordatlantik, der zufällig eine bemerkenswerte Entdeckung machte, die wenig später NATO-Alarm auslöste. Die beiden Matrosen, die an diesem denkwürdigen Tag die ausge-worfenen Schleppnetze bewachten, staunten nicht schlecht, als in unmittelbarer Nähe ihres Trawlers plötzlich zwei gewaltige russische U-Boote auftauchten und von jedem Boot je eine Rakete in den abendlichen Himmel geschossen wurde, die extrem schnell davonraste. Völlig überrascht, den Fischtrawler offensichtlich bei ihrer geheimen Übung übersehen zu haben, versuchte eines der U-Boote das Fischerboot aufzubringen und zu versenken. Doch die hartgesottene norwegische Crew ließ sich nicht einschüchtern. Beherzt fuhren sie auf das nächstgelegene U-Boot zu, um den Einsatz eines Torpedos zu verhindern, dass den Fischkutter als lästigen Zeugen für ewig auf den Grund des Meeres schicken sollte. Gleichzeitig setzte der Kapitän des Trawlers einen Notruf mit folgendem Inhalt ab: „SOS, zwei riesige russische U-Boote sind gerade vor uns aufgetaucht und haben jeweils eine sehr schnelle Rakete abgeschossen. Eines der Boote greift uns an. Benötigen dringend Hilfe. Hier noch die Koordinaten."

Der nächstgelegene NATO-Horchposten fing den Funkspruch auf und leitete diesen direkt an den Oberbefehlshaber der NATO weiter. Dort wurde die Echtheit des Spruches geprüft und für wahr befunden. Sofort wurde NATO-Alarm ausgelöst. Sämtliche in der Nähe operierenden Schiffseinheiten wurden zu dem Fischtrawler beordert. Weil der Smutje des Fischkutters aus seiner Kombüse heraus noch Fotos der U-Boote geschossen hatte, wurde sofort versucht, deren Identität zu klären. Wie sich herausstellte handelte es um zwei Boote der russischen Borei-Klasse, somit die modernsten U-Boote, die zurzeit die Weltmeere befuhren, was die Offiziellen als äußerst besorgniserregend, jedoch keinesfalls als bedrohlich einstuften. Diese Einschätzung änderte sich jedoch um einhundertachtzig Grad, als die Aufnahmen genauer ausgewertet wurden, die ein Teilstück einer starteten Rakete zeigten. Sogleich stellten die Spezialisten fest, dass es sich um eine ZIRKON Rakete handelte, also neueste Generation der Hyperschallraketen, von denen noch niemand wirklich wusste, ob diese überhaupt von dem Westen zur Verfügung stehenden Raketenabwehrsystemen abgefangen werden konnten.

Noch während die NATO-Partner über Gegenmaßnahmen debattierten, telefonierte der amerikanische Präsident mit seinem russischen Kollegen. Putin bestritt anfangs den Vorfall. Doch Trump besaß genaue Infos und Bildmaterial, die er als Beweis nach Moskau mailte. Als Putin die Bilder ansah, lachte er laut und wies seinen amerikanischen Amtskollegen darauf hin, dass das Abkommen über taktische, nukleare Mittelstreckenraketen doch aufgekündigt sei und man nun nach Herzenslust wieder neue Systeme testen durfte und genau von diesem Recht habe Russland Gebrauch gemacht. Daraufhin beendete der russische Präsident das Telefonat. Trump war außer sich und rief seinen Generalstab im Pentagon zusammen. Bekannt für seine eher unüberlegt eingeleiteten Maßnahmen öffnete Trump den Koffer mit den Codes für die taktischen Raketen und drückte auf den gelben Knopf. Wie von Geisterhand öffneten sich plötzlich die Deckel der Raketensilos aller amerikanischen Atomraketenbunker. Der gelbe

Knopf begann zu blinken. Kurz darauf läutete das Rote Telefon des Präsidenten.

„General Mainsfield hier, hallo Mister Präsident. Sie haben soeben den nuklearen Voralarm Defkon 1 ausgelöst. Alle dafür eingeteilten Stabsoffiziere haben ihre Plätze vor den Tresoren mit den Schlüsseln für einen nuklearen Erstschlag einge-nommen. Warten weitere Befehle ab, Sir. Identifizieren Sie sich jetzt mit Ihrem Berechti-gungscode.“

Der amerikanische Präsident gab den zehnstelligen Identifizierungscode ein.

„Ihre Identifikation war erfolgreich, Sir. Wir erwarten weitere Befehle“, lautete die Antwort. Nur Minuten später klingelte erneut das Rote Telefon des Amerikaners.

„Was soll das, Mister Trump? Wollen Sie die Welt wegen eines lapidaren Raketentests, der nicht einmal illegal war, in einen nuklearen Krieg stürzen? Glauben Sie etwa, wir bemerken nicht, wenn Sie Ihre Raketensilos für einen Abschuss öffnen? Geben Sie umgehend Stufe grün ein, Mister Trump. Sonst antworten wir ebenfalls mit Alarmstufe gelb.“

Lächelnd legte sich der amerikanische Präsident in seinem Sessel zurück. Sollen die dämlichen Russen doch einmal unseren kalten Atem im Nacken spüren, sprach er vor sich hin. Wieder summte eines der Telefone. Lächelnd nahm Trump das Gespräch entgegen.

„Admiral Snyder, Mister Präsident, was haben Sie für Befehle?“

„Ah, Snyder, wunderbar. Beordern Sie die gesamte 6. Flotte in den Nordatlantik an den Punkt, wo der Fischertrawler die russischen U-Boote beobachtet hat. Wie lange werden Sie brauchen, bis die Flotte vor Ort auftaucht, Snyder?"

„Etwa 24 Stunden, Sir. Wir sind dann aber auch komplett mit den Flugzeugträgern, den Versorgern, Zerstörern, den U-Booten und den U-Boot-Jägern vor Ort, Sir."

„Dann starten Sie los, Snyder. Ich will eines von den russischen U-Booten haben und zwar schnellstens."

Dreißig Minuten später traf im Weißen Haus die Nachricht ein, dass auch die russischen Atomstreitkräfte in Alarmbereitschaft versetzt wurden. Der amerikanische Präsident bestieg derweil gerade seinen Hubschrauber mit der Zielvorgabe Pentagon. Während er sich eine Dose Diät-Cola aufriss, läutete erneut das Rote Telefon. Grinsend nahm er das Gespräch entgegen.

„Trump? Oh, ich grüße den türkischen Präsidenten. Was kann ich für Sie tun? Benötigen Sie Hilfe von den Vereinigten Staaten von Amerika?"

„Hallo, Mister Trump. Ganz sicher nicht. Sind Sie eigentlich wahnsinnig geworden?! Sie stürzen die ganze Welt in ihr Verderben. Die Russen sind unsere Freunde, auch wenn wir militärisch und politisch unterschiedliche Ansichten vertreten. Auch wenn wir NATO-Partner sind, müssen wir Ihnen bei Ihrem unbedachten Alleingang nicht folgen. Wenn Sie den Nuklearalarm nicht binnen einer Stunde beenden, schließen wir die Air Base

Ircilik für die amerikanische Luftwaffe und fordern Sie auf, binnen 24 Stunden alle Flugzeuge abzuziehen. Alle Maschinen, die dann noch nicht abgehoben haben, werden vom türkischen Militär beschlagnahmt."

„Wie reden Sie eigentlich mit mir? Ich bin der amerikanische Präsident und lasse mir die Kriegsspielchen der Russen nicht gefallen. Wenn Sie die NATO verlassen möchten, regele ich das gern für Sie und wenn die Air Base von Ihnen geschlossen wird, suchen wir uns eine andere. Amerika ist keinesfalls auf Sie angewiesen."

Ziemlich ungehalten warf der amerikanische Präsident den Hörer auf die Station. Widerworte dieser Art waren ihm mehr als verhasst. Erneut griff er zum Telefon und gab eine Kurzwahl ein.

„Pompeo, mein Freund, ich grüße dich. Stell dir vor, was mir gerade widerfahren ist."

Schon berichtete der Präsident über das Gespräch mit seinem türkischen Amtskollegen.

„Was sagst du dazu?"

„Ich meine auch, dass du den Raketentest der Russen ein wenig zu hoch gehangen und gleich den Nuklearalarm ausgelöst hast."

„Papperlapapp, du wirst jetzt den türkischen Botschafter einbestellen und aus den USA ausweisen. Ich lasse mir das nicht gefallen?"

„Jetzt bist du aber völlig übergeschnappt, Donald. Die Türkei ist NATO-Partner. Denk an unseren strategischen Stützpunkt die Air Base in Ircilik."

„Habe ich längst abgeschrieben. Ich bekomme von den Saudis so viele Stützpunkte wie ich haben will. Also lass die Türken ruhig verrücktspielen."

2

Tatsächlich hatte der amerikanische Außenminister den türkischen Botschafter in sein Ministerium einbestellt und ihm den Unmut seines Präsidenten kundgetan. Weil Pompeo eher ein geschickter Politiker war, als ein Haudrauf wie sein großer Chef, schlug er den türkischen Botschafter nicht sofort vor den Kopf und setzte ihm kein Ultimatum das Land zu verlassen, sondern forderte ihn lediglich auf, die Schließung des Luftwaffenstützpunktes Ircilik zurückzunehmen. Damit machte er den Standpunkt Amerikas gegenüber der Türkei klar, gewann aber gleichzeitig auch Zeit, deeskalierend zu wirken. Doch war dies nur ein Problem im weltpolitischen Geschehen.

Der NATO-Generalsekretär rief alle Partner zu einer Dringlichkeitssitzung nach Brüssel, um ein weiteres Vorgehen gegen Russland abzustimmen. Denn Fakt war, dass die Überschallraketen von Typ Zirkon eine echte Bedrohung für Europa wie auch für die USA darstellten. Niemand befand sich in der Lage schlüssig zu erklären, dass diese Überschallraketen durch die dem Westen zur Verfügung stehenden Anti-Raketensysteme abgefangen werden konnten.

Das Treffen der NATO-Partner zog sich gewohnt hin wie Gummi. Wegen des Vetos der Türkei konnten keine Maßnahmen wie zum Beispiel eine Verschärfung der Sanktionen gegen Russland oder gar ein Ausweisen von Botschaftspersonal aus den NATO-Staaten beschlossen werden, woraufhin der amerikanische Präsident umgehend abreiste. Der türkische Staatspräsident tat es ihm gleich und wies die Rüffel seiner Partner in dieser Angelegenheit als unangemessen zurück. Der lachende Dritte war ganz sicher Russland, das augenscheinlich ohne Gegenmaßnahmen trotz der erfolgten Raketentests mit einem blauen Auge davonkam. Auch wenn diese keine direkten Vertragsverletzungen darstellten. Enttäuscht und teilweise ziemlich verängstigt, was die russische Bedrohung betraf, reisten die meisten NATO-Partner nach Hause.

Noch in der gleichen Nacht setzten sich der britische Premierminister, der Präsident Frankreichs sowie die deutsche Kanzlerin zu einem Sechsaugengespräch zusammen. Kurz nach Mitternacht hatte das Staatenführungstrio einen Plan entwickelt, wie man ganz leise und ohne die ganze Welt in Angst und Schrecken zu versetzen, dieser Angelegenheit beikommen könnte. Man einigte sich darauf, dass London seine beiden besten Agenten losschickt, die Kommandozentrale der U-Boot-Flotte zu finden, dort technische Daten der Raketen abzugreifen und gegebenenfalls die Anlagen zu zerstören. Weil die Zeit drängte, verließen Merkel, Macron und Johnson den Verhandlungstisch nicht in Richtung ihrer Hotels, sondern sie fuhren gleich zum Flughafen, um nach Hause zu fliegen. Boris Johnson telefonierte bereits aus dem Flieger heraus mit Simon Sharp, dem Chef des MI6, damit dieser sofort handelte. Die deutsche Bundeskanzlerin führte ein Telefonat mit dem amerikanischen Präsidenten und setzte diesen über den folgenden Einsatz in Kenntnis. Nur wenige Stunden später empfing der Chef des MI6 seine beiden Topagenten zur Einsatzbesprechung.

„Peter McCord meldet sich aus Guatemala zurück. Hallo, Sir."
„Hallo, Peter, Sie haben gewohnt gute Arbeit in Südamerika geleistet, wenn Sie auch mal wieder keinen Stein auf dem anderen gelassen haben."
„Danke, Sir. Aber der Hackerclub hatte sich in einem stabilen Bunker verschanzt und ohne explosive Argumente wie TNT war den Leuten einfach nicht beizukommen. Die Ausrüstung des Hackerteams war übrigens vom Feinsten. Modernste Hightech Geräte kamen zum Einsatz. Es wunderte mich nicht, dass sie damit Zugang in die meisten Netzwerke fanden und dabei in der EDV der britischen Rentenversicherung erheblichen Schaden angerichtet haben. Wie ich hörte werden unsere Systemadministratoren Tage benötigen, bis das Netzwerk wieder problemlos arbeitet. Für mich war besonders schwierig herauszubekommen, wohin das Geld aus der Rentenkasse hätte abfließen sollen. Hätten wir nicht so schnell reagiert, wären mehrere hundert Millionen Pfund in irgendwelchen dunklen Kanälen verschwunden und Englands Rentner wären mittellos geworden."

„In der Tat, Peter. Was für ein furchtbarer Gedanke und niemand, selbst der englische Staat nicht, hätte hier in voller Höhe einsteigen können. Seit wann sind Sie wieder im Lande?"

„Seit vorgestern Abend, Sir."

„Sind Sie denn schon wieder voll einsatzfähig, Peter?"

„Ich denke schon, Sir, wenn Sie mich nicht gerade ans Ende der Welt schicken."

„Nun, Peter, und genau dort geht es für Sie und Oberleutnant Brennan hin. Sie erwarte ich noch heute aus Pakistan zurück."

„Wenigstens ein Lichtblick. Mit Nina arbeite ich gern zusammen. Sie ist absolut zu hundert Prozent bei der Sache und wenn sie einem den Rücken deckt, braucht man sich keine Sorgen zu machen."

„Na wunderbar. Dann kann es ja sofort losgehen."

„Nun, Sir, kommt ganz darauf an, wohin es geht und was wir an Ausrüstung einpacken müssen. Badehose oder Wintermantel?"

„Das ist in der Tat ein heikles Thema, Peter. Ob allerdings Ihr Wintermantel alle Voraussetzungen für diesen Einsatz erfüllt, halte ich für unwahrscheinlich."

„Mir schwant Fürchterliches. Es geht doch hoffentlich nicht um den Streit mit Russland wegen der Überschallraketen?"

„Genau darum geht es, Peter. Wir warten noch auf Miss Brennan und fragen sie, was ihr Wintermantel so aushält."

„Etwa Kamtschatka, Sir? Da herrschen zurzeit so um die 40°Celsius minus. Nette Gegend! Wie ich

hörte sind sogar schon die Eisbären von dort weggezogen, weil es ihnen zu unwirtlich erscheint."
"Nein, Peter. Genau definiert geht es in die Nähe von Jakutsk in Sibirien."
"Dort soll doch irgendwo im Gebirge das neue russische Oberkommando der taktischen U-Boot-Flotte untergebracht sein und deren Kommandozentrale."
"Genauso ist es. Die Anlage ist ein Hochsicherheitstrakt tief ins Bergmassiv verbaut. Es handelt sich um eine Atombunkeranlage. Selbst die Außenanlagen sind bestens gesichert wie Satellitenaufnahmen beweisen sollen. Mehrere Eliteeinheiten schützen die Anlage. Ein Höhenaufklärer der Amerikaner hat Aufnahmen gemacht, die wir nach der Auswertung übermittelt bekommen."
"Nun, Sir, da dürfte in der Tat mein Wintermantel unangemessen erscheinen. Aber sicher finden wir bei Doc Snyder in der Abteilung Ausrüstung im Keller noch etwas Passendes zum Anziehen in seinem Fundus."

Das Summen des Telefons von Simon Sharp, beendete ihre Konversation.
"Ja, Misses Fitchen, schicken Sie Oberleutnant Brennan herein."
Wenig später betrat Nina Brennan das Büro von Simon Sharp. Peter kannte sie bereits von einem gemeinsamen Auftrag in der irakischen Wüste. Der Pakistaneinsatz war Ninas erster Auslandseinsatz, den sie mit großem Erfolg alleine meisterte und vor allem überlebte. Auch wenn die Augen der jungen

Agentin strahlten, als sie Peter sah, wirkte sie abgespannt und müde.

„Hallo, Sir, ich melde mich aus Pakistan zurück.“

„Hallo, Miss Brennan. Ich freue mich, Sie in meinem Büro begrüßen zu dürfen. Sie sehen allerdings müde aus. Sind Sie wieder einsatzfähig?“

„Ich denke schon, Sir.“

„Sehr gut. Ihr neuer Auftrag hat es allerdings auch in sich. Sie werden all Ihre Kräfte benötigen.“

Der Chef des MI6 kam wie gewohnt gleich zur Sache und begann zu berichten, was er und die NATO-Partner von ihnen erwarteten und wie man sich die Durchführung vorstellte.

„Wenn ich Sie richtig verstanden habe, Sir, fliegen wir zum amerikanischen Luftwaffenstützpunkt auf Hokkaido. Von dort aus bringt uns ein amerikanisches Flugzeug in die sibirische Einöde nahe Jakutsk. Dort springen wir mit dem Fallschirm aus großer Höhe ab. Unsere Ausrüstung ist in einem Container verladen, der ebenfalls per Fallschirm abgeworfen wird. In dem Container, der uns auch als Unterkunft dienen wird, finden wir alles, was wir für den Einsatz benötigen. Das klingt nicht besonders durchdacht. Ich habe bisher auch noch nichts von Ihnen gehört, wie wir dort wieder wegkommen, Sir? Das scheint mir ein Himmelfahrtskommando zu werden. Ich denke auch, ohne etwas Vorbereitungszeit ist der Einsatz bereits im Vorfeld zum Scheitern verurteilt.“

„Sie beide sind doch absolute Spezialisten für solch einen Einsatz. Sie werden wohl ein wenig improvisieren müssen.“

„Ich muss Peter recht geben, Sir, die Russen werden uns wie die Hasen abknallen, wenn wir uns nicht besser auf diesen Einsatz vorbereiten können."

„Heißt das jetzt, dass Sie den Auftrag nicht annehmen wollen?"

„Nicht wirklich, Sir. Das hat mit wollen nichts zu tun. Es wird nicht funktionieren. Alleine der Anflug von Hokkaido aus wird den Russen nicht verborgen bleiben. Die Flugzeit beträgt mit Sicherheit mehrere Stunden."

„Wie aber soll es denn nach unserer Landung weitergehen, Sir?"

„Nun, Miss Brennan, Sie werden mit täuschend echten Papieren ausgestattet. Sie erhalten beide original russische Offiziersuniformen mit hohen Dienstgraden und können die Anlage als Revisionsoffiziere jederzeit betreten. Peter wird Oberst im Generalstab der Roten Armee und ist damit Oberst Radikov dem Leiter des Bunkers gleichgestellt. Sie, Miss Brennan, sind Commander und für die IT-Prüfungen zuständig. Sie finden sämtliche Infos zum Einsatz in dieser Mappe. Es tut mir leid, dass ich Sie so abfertigen muss, aber ich habe den Befehl für den Einsatz auch erst letzte Nacht erhalten und bis eben alle Infos dazu zusammengestellt. Die Situation brennt allen unter den Nägeln. Wenn die Russen ihre Raketen losschicken, brennt der Himmel."

„Haben Sie denn auch bedacht, dass Miss Brennan kein einziges Wort russisch spricht und ich nur ein paar Brocken? Wir können da nicht als *russische Offiziere hereinspazieren, ohne fließend die Sprache zu beherrschen, Sir."*

„Dann machen Sie mir andere Vorschläge, Peter." Simon Sharp war ein wenig laut geworden, was Peter überhaupt nicht von ihm kannte. Wie es schien Setzten ihn seine Vorgesetzten mächtig unter Druck.

„Existieren Lagepläne von der Bunkeranlage, Bauzeichnungen oder sonstige Hinweise auf die baulichen Verhältnisse?"

„Nein, Peter, wir halten einfach überhaupt nichts in Händen. Die ganze Anlage ist wohl auch erst vor einem halben Jahr fertiggestellt worden. Wir wissen lediglich, das Oberst Radikov der Leiter der Anlage geworden ist."

„Dann müssen wir vor Ort versuchen, einen Zugang in die Anlage zu finden. Als russische Soldaten getarnt spazieren wir da jedenfalls nicht hinein. Dann können wir uns gleich ein Schild britische Agenten um den Hals hängen. Schreiben Sie den Amerikanern, dass wir keine russischen Uniformen benötigen, sondern warme, weiße Winterbekleidung ohne Hoheitsabzeichen. Außerdem brauchen wir Waffen, deren Öl nicht in den Verschlüssen einfriert. Natürlich auch Verpflegung, einen Ofen und eine schnelle Schneekatze, um eventuell große Distanzen durch den Schnee überbrücken zu können. Besser sogar zwei, eine für jeden von uns. Natürlich ausreichend Munition für die Waffen und Sprengmittel."

„Und wie wollen Sie in den Bunker hinein-gelangen?"

„Tja, Sir, das kann ich Ihnen noch nicht sagen. Genauso wenig weiß ich, wie wir von dort wieder wegkommen. Wenn die Russen den Sabotageakt erst einmal bemerken, verschwindet dort keine Maus mehr ungesehen."

„Wollen Sie es denn trotzdem versuchen?"

„Versuchen werden wir es, Sir. Aber sobald wir merken, dass es keine Möglichkeit gibt, in die Anlage hinein zu gelangen, verschwinden wir wieder genau so leise wie wir dorthin gelangt sind. Also weihen Sie die Amerikaner ein. Wir fliegen, wenn möglich noch heute, als Touristen getarnt nach Hokkaido. Wie es dann weitergeht, entscheiden wir vor Ort."

Sie besprachen noch einige Eckpunkte, die für den Einsatz relevant waren, bis Peter das Gespräch beendete. Simon Sharp verabschiedete sich per Handschlag von seinen beiden Topagenten, was er sonst eigentlich nie tat. Sorgenvoll schaute er Nina und Peter nach, als sie sein Büro verließen. Er stellte sich ernsthaft die Frage, ob er seine beiden Agenten je lebend wiedersehen würde.

3

Dank der cleveren Mitarbeiterin in der Reiseabteilung des MI6 erhielten Nina und Peter noch am gleichen Nachmittag zwei Flüge nach Tokio mit direktem Anschluss nach Hokkaido. Am folgenden Mittag verließen Nina und Peter ziemlich geschafft die Maschine der Nippon Airways. Da sie nur Handgepäck besaßen, konnten sie den Flughafen sofort verlassen. Gleich gegenüber dem Haupteingang parkte eine schwarze Limousine. Lässig lehnte ein asiatisch stämmiger, junger Mann an der Fahrerseite. Als er Nina und Peter erkannte, lief er sofort auf die beiden zu.

„Hallo, Commander McCord, hallo, Miss Brennan. Mein Name ich Scott Kobinashi. Ich habe den Auftrag, Sie zur amerikanischen Airbase zu bringen."

„Hallo, Mister Kobinashi. Dann walten Sie Ihres Amtes."

Mit Schwung warfen Nina und Peter ihre Reisetaschen in den Kofferraum der Ford Limousine. Ohne Zeit zu verlieren brauste ihr Fahrer los und chauffierte sie zur Base, wo sie gleich von Colonel Smith in Empfang genommen wurden. Peter konnte sich jedoch von Anbeginn an des Eindrucks nicht erwehren, dass der Colonel wenig Lust verspürte, sich besonders um seine beiden Gäste zu kümmern. Vielleicht mochte er ja auch keine Agenten. Nina und Peter erhielten in der Offiziersmesse in einem separaten Raum ein schmackhaftes Essen aufgetischt und zwei ordentliche Offiziersstuben zugeteilt. Noch am gleichen Abend stellte ihnen der erste Waffenoffizier der Base, Captain Burns, ihren Container und ihre Ausrüstung vor. Peter bemerkte sofort, dass die Qualität des Materials nicht mehr ganz dem neuesten Stand entsprach.

Die zur Verfügung stehenden vier Glock 17 Neunmillimeter Pistolen wie auch die M 16 Sturmgewehre waren fabrikneu. Auch die Kevlarwesten und die Winteranzüge waren neuwertig. Doch der Container an sich, die Heizanlage, die

Lampen sowie die Stromversorgung entsprachen nicht mehr dem neuesten Standard.

„War der Container schon in Vietnam dabei?"

„Nun, Commander, wir konnten auf die Schnelle kein moderneres Equipment zur Verfügung stellen. Ein Wintereinsatz unter diesen Bedingungen, wie sie zurzeit in Sibirien vorherrschen, ist äußerst selten und dafür benötigtes Material müssen wir von unserer Base aus Alaska anfordern, was sicher eine Woche gedauert hätte."

„Wie schön und wie kommen wir mit diesem Teil nach Sibirien?"

„Morgenfrüh um 06:10 startet eine Herkules C 180 mit allerlei Containern voller Ersatzteilen und Lebensmittel für eine Diamantenmine in Sibirien nahe Jakutsk, die in Kooperation mit einem kanadischen Unternehmen zusammenarbeitet. Weil die Landebahn dort vereist und verschneit ist, werden die Container per Fallschirm abgesetzt. So können wir auch Ihren Container ohne Aufsehen zu erregen abwerfen und sie unerkannt abspringen."

„Na wunderbar! Gibt es denn schon Infos darüber, wie wir von dort wieder wegkommen, Mister Burns?"

„Nun, Sir, das Land um Jakutsk gleicht einer arktischen Eiswüste. Zurzeit herrschen dort Temperaturen von etwa minus 35° Celsius vor. Wenn alles gut läuft, können Sie nach Ihrem Einsatz mit dem Schneescooter Richtung Küste fahren und dort Ihr GPS-Signal einschalten. Wir schicken dann von hier aus ein Rescueteam per Helikopter, dass Sie dort abholen wird. Mit dem Sprit, den wir Ihnen in Kanistern mitgeben, sollten

Sie problemlos den Container heizen, Strom erzeugen und mit dem Scooter zu Ihrem Einsatzort und von dort aus bis zur Küste gelangen können. Mehr können wir leider nicht für Sie tun. Probieren Sie kurz die Winteranzüge an, damit wir sie eventuell noch ändern können. Ich wünsche Ihnen viel Erfolg, Oberleutnant Brennan und Ihnen, Commander McCord."

„Danke, Captain. Gibt es für die Glock Pistolen Schalldämpfer?"

„Leider nein, Commander. Wie schon gesagt sind wir für solche Einsätze nicht ausgerüstet."

„Ok, dann sehen wir uns einmal genau das Equipment an und probieren die Spezialanzüge aus."

„Ja, Sir, wenn Sie noch Fragen haben oder ich etwas für Sie tun kann, dann rufen Sie mich über diese Nummer an. Ich bin dann sofort bei Ihnen."

„Alles klar, Captain. Vielleicht sehen wir uns ja bald wieder."

„Das wünsche ich mir auch, Commander."

Nachdenklich verließ der Captain den Hangar, in dem der Container stand. Peter testete als erstes den Zustand des Scooters, prüfte die Verpflegungs- und Munitionsbestände und schaute nach den Benzinkanistern. Alle Birnen funktionierten und auch die Heizung arbeitete. Nina als studierte Flugzeug- und Raketeningenieurin half Peter bei seinem Check.

„Was denkst du, Peter?"

„Frag mich das besser nicht. Wir haben überhaupt keine Informationen, was uns in Jakutsk erwartet. Wir wissen nicht einmal genau, wo die Anlage

wirklich liegt. Die wenigen Luftaufnahmen von den amerikanischen Drohnen sind mehr als dürftig. Wenn der Einsatz zu brenzlig wird, brechen wir ab und verschwinden. Das ist mein voller Ernst, auch wenn ich ein sehr ehrgeiziger Mensch bin."

„Das sehe ich genauso, Peter."

Den Abend verbrachten sie gemeinsam in der Offiziersmesse. Sie verspeisten medium gebratene Steaks mit French Fries und einem schmackhaften Salat. Dazu tranken sie Bier und zum Dessert noch jeder einen Becher Kaffee. Kurz vor zweiundzwanzig Uhr schlenderte sie ihren Stuben entgegen.

„Lässt du mich bei dir schlafen, Peter?"

„Ja klar, warum nicht. Ich bin ja schon hinlänglich mit deinen Schlafgeräuschen vertraut."

„Die Nächte mit dir in deiner Wohnung waren für mich sehr schön, Peter. Jetzt schau mich nicht so an. Keine Sorge, ich hänge dir nicht die Ohren voll wegen Beziehung oder ähnlichem. Wir beide sind Auslandsagenten und wissen nur allzu gut, dass der morgige Tag unser letzter sein kann."

Wenig später kuschelte sich Nina in Peters Armbeuge. Es dauerte nicht lange und sie war eingeschlafen. Peter jedoch fand nicht richtig in den Schlaf. Immer wieder ging ihm durch den Kopf, dass sie morgen in ein Himmelfahrtskommando starteten ohne zu wissen, welchen Ausgang ihr Einsatz nehmen wird und vor allem ob sie die gesteckten Ziele überhaupt erreichen würden.

Kurz vor halb fünf am Morgen vibrierte Peters Armbanduhr. Der Weckalarm riss ihn sofort aus seinem Dämmerschlaf. Er fühlte sich wie gerädert. Peter hatte sehr schlecht geschlafen. Langsam stand er auf. Auch Nina erwachte. Rasch sprangen sie nacheinander unter die Dusche. Als sie völlig abgetrocknet waren, streiften sie ihre Thermounterwäsche über und stiegen zu guter Letzt in die Winteranzüge, die mit akkugesteuerten Heizdrähten bestückt waren. Die Akkus waren vollgeladen. Ihre Schusswaffen steckten sie in bereitliegende Schulterhalfter und zogen die Reißverschlüsse zu. Als sie den Hangar betraten bemerkten sie sofort, dass ihr Container bereits in die Herkules verladen wurde. Sorgfältig suchten sich Nina und Peter jeder einen Fallschirm sowie den passenden Notfallschirm dazu aus. Beide zogen die Gurte der Fallschirme fest, während sie sich der Lockheed C 180 näherten, deren Triebwerke bereits warmliefen. Peter begrüßte die Crew. Nach kurzer Einführung nahmen die beiden Agenten am Ausstieg Platz. Nur wenig später hob die schwere Transportmaschine von der Startbahn ab. Der Flieger gewann rasch an Höhe und steuerte ihrem Ziel entgegen.

Etwa fünf Stunden später näherten sie sich der sibirischen Grenze. Kräftige Schneestürme wirbelten die Maschine hin und her. Das Thermometer zeigte hier oben knapp minus 65° Celsius an. Nina und Peter schalteten ihre Anzugheizung ein. Immer heftiger wurden die

Sturmböen. Zwei Stunden später vernahmen Nina und Peter eine Stimme aus dem Cockpit.

„Achtung, Absprung in zehn Minuten."

Eine rote Lampe leuchtete auf. Acht Minuten später öffnete sich die Heckklappe der Transportmaschine. Wie von Geisterhand geführt holperten zuerst die vier Materialcontainer für die Goldmine aus dem Rumpf der Maschine. Der Lärm war ohrenbetäubend und die Kälte fast unerträglich. Nina und Peter hatten bereits ihre Spezialhelme angezogen und die Verkabelung für Funk und Heizung angeschlossen. Ratternd rutschte nun auch ihr Container ins Freie. Als dann die rote Lampe auf grün umschlug hakten sich Nina und Peter an der Reißleine fest. Mit einem kräftigen Sprung verließen sie die Maschine. Die Sicht war gleich null. Trotz der Thermoanzüge froren sie ordentlich. Weder Himmel noch Erde waren zu erkennen. Peter beobachtete genau seinen Höhenmesser. Bei eintausendfünfhundert Metern zog er die Reißleine an seinem Fallschirm. Wie von Urkräften gepackt wurde er in den schwarzen Himmel gezogen, in dem Millionen dicker Schneeflocken umhertanzten. Peter vergewisserte sich, dass auch Nina die Reißleine gezogen hatte. In unmittelbarer Nähe konnte er ihren aufgeblähten Schirm erkennen. Er war froh, dass sie sich dicht hinter ihm befand.

Dann plötzlich tauchte die völlig zugeschneite Erde vor ihm auf, die sich nur unerheblich vom Himmel unterschied, aus dessen Wolken dicke Schneeflocken auf die Erde hinuntertanzten. Den recht heftigen Aufprall federte Peter mit einer Rolle über die rechte Schulter ab. Kaum hundert Meter von ihm entfernt landete auch Nina im Tiefschnee. Blitzschnell sprangen die beiden Agenten auf und rafften die weiße Fallschirmseide zusammen. Der extreme Schneefall begrub binnen weniger Minuten alle ihre Spuren unter der weißen Decke. Peter schaute sich gleich nach einem Unterstand um. Doch hier gab es nur eine gewaltige ebene Fläche ohne Bäume oder Sträucher.

„Wir müssen uns eine Höhle in den Boden graben, Peter. Hier ist nichts, was uns sonst Schutz bieten könnte."

„Das sehe ich auch so. Unseren Container finden wir bei dem Schneetreiben und der einsetzenden Dunkelheit ohnehin nicht. Dann lass uns mal buddeln, Nina. Das wärmt uns ganz sicher auch ein wenig auf."

Zwei Stunden später fielen sie erschöpft in die Fragmente ihres Iglus. Weil nur die Oberfläche aus pulvrigem Neuschnee bestand und die darunter-liegende Schneeschicht hart gefroren war, konnten sie sich ohne Hilfsmittel nicht besonders tief eingraben. Ihre Situation konnte man schlichtweg als lebensbedrohlich bezeichnen. Außer ein paar Kraftriegeln besaßen sie keinerlei Lebensmittel oder Wasser. Wenig später waren auch die Akkus, die das Heizsystem ihrer Anzüge mit Energie versorgten, aufgebraucht, was bei dieser Kälte kein Wunder darstellte.

„Nina, du darfst jetzt nicht einschlafen. Bewege deine Füße und vor allem die Zehen. Aber versuch unbedingt wach zu bleiben."

Peter beschwor Nina förmlich, nicht einzuschlafen, als er bemerkte, wie ihr ständig die Augen zufielen. Doch auch Peter verließen allmählich die Kräfte. Es gab keinen Proviant und auch nichts zu trinken. Peter steckte sich immer wieder Schnee in den Mund, um seinen Flüssigkeitshaushalt ein wenig in Gang zu halten. Dann sackte Ninas Kopf zur Seite. Sie war nicht eingeschlafen. Wie es schien kämpfte ihr Körper gegen eine drohende Agonie an. Doch diesen Kampf hatte sie bereits verloren. Auch Peter fielen immer häufiger die Augen zu. Er hatte schon viele hundert Einsätze hinter sich gebracht, die häufig sehr gefährlich waren. Immer wieder war er dem Tod in letzter Sekunde von der Schippe gesprungen. Clanführer, Mafiabosse, Agenten und abtrünnige Militärführer hatten ihn bisher nicht töten können. Jetzt war es wohl die Natur, die ihm und Nina den Garaus bereiten würde. Nina bewegte sich nicht mehr. Er hatte seinen Kopf in ihre Armbeuge gelegt und versucht, ihr auf diesem Wege ein wenig Körperwärme zu geben. Doch mit einmal war alles vorbei.

4

Peter bemerkte fast nicht, dass zwei starke Hände ihn aus dem Schneeloch zogen und auf einen Schlitten legten. Gleiches galt auch für Nina, die nur noch ganz flach atmete. Peter kam erst wieder zu sich als er eine wohlige Wärme spürte, die auf einmal seinen ganzen Körper durchflutete. Hinzu kam noch das Ruckeln auf einem Schlitten, während dieser durch die Eiswüste glitt, das ihn erwachen ließ. Wie lange er hier auf dem Schlitten lag, konnte er nicht sagen. Es war ihm auch einerlei. Er spürte, dass Nina ebenfalls lebte und dass jemand da war, der sich um sie kümmerte. Als es dämmerte hielt der Schlitten abrupt an. Langsam öffnete Peter die Augen. Der Kopf eines großen, kräftigen Mannes, der tief in einer fellgefütterten Kapuze steckte, tauchte vor ihm auf. Mit seinen letzten Kräften erhob sich Peter. Der große Mann, der den Schlitten gefahren hatte, griff nach Nina. Vorsichtig hob er sie hoch und trug sie in die Jurte, die Peter erst jetzt hinter sich bemerkte. Wenig später kam er zurück und half auch Peter in das geräumige Zelt hinein, aus dem ihm eine belebende, wohlige Wärme entgegenschlug. Nina lag nackt bis auf ihr Höschen bäuchlings auf einem dicken Fell. Eine junge Frau kniete über ihr und massierte ihr eine undefinierbare, glänzende Emulsion in die Haut ein. Schon sehr bald öffnete Nina ihre Augen. Dankbar schaute sie die junge Frau an, die sie liebevoll anlächelte.

„Ich heiße Aljoscha. Das ist meine Frau Darja. Wir sind Nomaden und züchten Rentiere. Was hat euch beide denn bewogen, in diese gottverlassene Gegend zu reisen? Ihr seid ganz sicher keine Backpacker."
Peter legte seinen rechten Zeigefinger auf seine Lippen als Zeichen, dass er darüber nicht reden wollte.
„Dann seid ihr Beiden wegen der Russen hier, die nicht weit entfernt eine Station gebaut haben. Man erzählt sich, dass es sich um eine geheime

Kommandostation handele, von wo aus sie ihre U-Boote lenken."

Peter zog die Schultern hoch.

"Du kannst es mir ruhig erzählen. Wir hassen die Russen. Etwa dreihundert Kilometer von hier entfernt lag einstmals unser Dorf. Vierzig junge Familien waren wir einmal, bis uns die Russen vertrieben haben. Ich bin ausgebildeter Lehrer für Geografie, Geschichte und Englisch. Deshalb spreche ich auch deine Sprache. Sie haben uns vierundzwanzig Stunden Zeit gegeben, unser Haus zu verlassen und jagten uns dann in die winterliche Kälte. Das war vor drei Jahren. Wenig später haben sie unser Dorf vollkommen abgerissen und mit dem halb unterirdischen Bau ihrer Kommandozentrale begonnen. Die meisten von uns sind in die nächste Großstadt gezogen. Andere haben versucht, in ihre Häuser zurückzukehren und wurden von Kampfhubschraubern wie Hasen abgeknallt. Wir sind die Letzten der Dorfgemeinschaft, die hier noch ansässig sind. Die anderen sind alle tot oder leben irgendwo in der Stadt. Darja und ich entstammen einer alten Nomadensippe, die sich nicht so leicht aus der Heimat-Jurte vertreiben lässt. Unsere Verwandten haben uns diese Jurte geschenkt. Wir haben uns eine Herde Rentiere und unsere Hunde angeschafft und nun ziehen wir in den warmen Monaten umher und züchten Rentiere und Schlittenhunde. Es war ein echter Zufall, dass ich euch gefunden habe. Aber nun seid ihr hier, in Sicherheit und unsere Gäste."

"Das ist supernett. Vielen Dank dafür."

„Keine Ursache. Wir sind alle sehr gastfreundlich. Einer hilft dem anderen. Anders wäre ein Überleben hier im Winter auch nicht möglich. Ich habe von euch weder einen Hundeschlitten noch einen Motorschlitten gefunden. Ihr seid also mit dem Fallschirm abgesprungen, nicht wahr?"

Peter nickte nur unmerklich.

„Wir sind durch einen Navigationsfehler des Piloten weit vom Kurs abgekommen. Außerdem ist unser Versorgungscontainer verloren gegangen, nach dem wir dringend suchen müssen, wenn der Schneesturm vorüber ist. Doch bei dem Wetter ohne warme Bekleidung haben wir keine Chance. Ohne deine Hilfe wären wir beide längst tot. Wir haben uns noch gar nicht vorgestellt, Aljoscha. Das ist Nina und ich heiße Peter."

„Nun, Peter, wer hat euch denn für euren Einsatz eingekleidet? Mit den Anzügen wart ihr ja schon unterkühlt, bevor ihr auf dem Boden angekommen seid. Unsere Decken haben wir selbst aus Rentierfellen angefertigt. Diese Felle stammen von Bären, Wölfen und Yaks. Spürst du, wie warm sie sind?"

„Ja und wie, Aljoscha. Auch Nina hat wieder Farbe bekommen."

„Wenn morgen in der Früh der Schneesturm nachgelassen hat, fahren wir mit dem Hundeschlitten raus und suchen den Container. Sendet er ein elektronisches Signal?"

„Sollte er schon. Wir müssen es einfach versuchen. Ohne unsere Ausrüstung können wir unseren Auftrag nicht durchführen."

„Wir werden ihn finden, Peter. Ich kenne die Umgebung ganz genau, weil ich hier aufgewachsen bin. Jetzt esst euch erst einmal satt. *Es gibt Bohneneintopf mit Rentierspeck. Der wird euch ganz sicher wieder auf die Beine helfen. Dann schlaft ihr aus und morgen gehen wir zusammen den Container suchen. Einverstanden?"*
„Ja, so machen wir es. Vielen Dank euch beiden."
„Keine Ursache, Peter."

Peter hatte schon in den feinsten Restaurants dieser Welt gespeist und auch schon vieles gekostet. Doch der Eintopf von Aljoscha und Darja schmeckte einfach göttlich lecker. Das Nomadenpärchen strahlte, als sie sahen, wie gut es den beiden MI6 Agenten schmeckte. Nina kuschelte sich unter der dicken Rentierfelldecke ganz fest an Peter und schon bald war sie eingeschlafen. Peter ließ noch ein wenig seinen Blick durch die Jurte streifen und wartete, bis auch seine Gastgeber ihren Schlafplatz aufsuchten, bevor auch er ebenfalls einschlief.

Ein feiner Sonnenstrahl, der durch eine winzige Öffnung in der Zeltspitze ins Innere schien und auf Peters Nasespitze herumtanzte, weckte ihn auf. Vorsichtig entwand sich Peter aus Ninas Armen und Beinen. Ohne Lärm zu machen ging er auf den Ausgang der Jurte zu und öffnete die fest verzurrten Textilhälften. Gleißender Sonnenschein aus einem stahlblauen Himmel sowie eisige Kälte empfingen ihn. Um etwas erkennen zu können legte Peter seine flache Hand gegen die Stirn. Doch auch diese

Maßnahme verhalf ihm nicht zu einer wirklichen Orientierung. Plötzlich spürte er zwei Hände auf seinen Schultern.

„Morgen, Peter. Hast du auch so gut geschlafen?"
„Ja, so mittelprächtig aber besser als vorletzte Nacht. Morgen, Nina."

„Wie willst du weiter vorgehen?"

„Nach dem Frühstück müssen wir uns aufmachen und den Container finden. Wenn wir das Teil nicht ganz schnell entdecken, müssen wir uns an die Küste durchschlagen und versuchen hier wieder weg zu kommen. Ohne ein Minimum an Ausrüstung kriegen wir hier nämlich rein gar nichts auf die Reihe."

„Das sehe ich genauso. Außerdem müssen wir unbedingt konkret unseren Standort bestimmen, um festzustellen, wo wir uns eigentlich befinden und wie groß etwa die Distanz bis zum Zielobjekt noch ist."

Noch während sich die beiden Agenten Gedanken über ihre nächsten Schritte machten, trat Aljoscha ins Freie.

„Morgen, ihr beiden. Ihr seid aber früh auf. Plant ihr schon das weitere Vorgehen?"

„Morgen, Aljoscha. Ja, wir müssen schauen, dass wir den Container mit unserer Ausrüstung finden, damit wir unseren Auftrag erfüllen können."

„Den finden wir schon. Kann natürlich etwas dauern. Hier in der Wildnis spielt Zeit keine wirkliche Rolle. Lediglich die Jahreszeiten bestimmen unser Leben."

„Das glaube ich dir gern, Aljoscha, aber wir müssen so rasch wie möglich unsere Mission abschließen."

„Ich weiß. Dann lasst uns frühstücken, damit wir die Bergung des Containers in Angriff nehmen können."

5

Das frisch gebackene Fladenbrot mit dem aus den Beeren der Region selbst gemachten Fruchtaufstrich und dem heißen Kaffee dazu war einfach himmlisch. Darja freute sich, dass es ihren Gästen so gut schmeckte. Die beiden Frauen hatten sich bereits angefreundet.

„Esst ordentlich, es ist genug da. Ihr braucht hier in der Kälte eine Menge Kalorien, wenn ihr draußen überleben wollt."

Das ließen sich Peter und Nina natürlich nicht zweimal sagen und griffen ordentlich zu. Nach einer kurzen Katzenwäsche verließen Aljoscha, Nina und Peter die Jurte.

„Wie willst du unseren Container finden, Aljoscha? Wir haben den GPS-Sender ausgeschaltet, damit uns die Russen nicht orten können."

„Hast du deine Pistole gerade mal zur Hand, Peter?"

„Ja, hier. Was hast du vor?"

„Boris, mein Führungshund, entstammt einem richtigen Wolfsrudel. Wölfe haben eine besonders feine Nase. Ich lass ihn das Waffenöl an deiner Pistole erschnuppern. Ich schätze, dass euer Container auch noch reichlich eingeölte Waffen enthalten wird. Boris wird sofort die Fährte

aufnehmen und wenn der Container nicht weiter als fünf Kilometer entfernt liegt, sollten wir ihn finden."
„Das wäre genial."
„Ja, Peter, das ist unser natürliches GPS."

Boris, das Alphatier der Schlittenhunde, besaß nicht nur eine stattliche Größe, sondern auch gewaltige Reißzähne. Man sah ihm seine Herkunft sofort an. Doch wie es schien war er ein wirklich guter Fährtensucher. Aljoscha ließ seinen Führungshund eine ganze Zeit lang an Peters 9 mm Glock schnüffeln, bevor er sie Peter zurückgab. Boris begann zu flehmen. Angst einflößend zeigte er dabei seine gewaltigen Zähne. Wenig später animierte er die übrigen zehn Schlittenhunde aufzustehen und ihm in nördlicher Richtung zu folgen. Gut eine Stunde lang fuhren sie mit dem Schlitten durch die tief verschneite Landschaft. Dank der dicken Decken fror niemand. Boris änderte mehrfach die Richtung. Um den Tieren eine Pause zu gönnen, hielt Aljoscha den Schlitten an. Er verteilte ein paar üppige Fleischbrocken an seine elf Hunde und verwöhnte sich und seine Gäste mit einer Art Honigkuchen und heißem Tee. Auch wenn es ihnen an nichts mangelte und schon fast eine Urlaubsatmosphäre aufkam, wurde Peter langsam unruhig. Immerhin mussten sie ihren Auftrag erfüllen und der war keineswegs von Pappe.

Nach dieser kurzen Pause ging es weiter. Zwanzig Minuten später erkannten sie in westlicher Richtung eine dunkle Erhebung. Aljoscha griff zu seinem Fernglas.

„*Das könnte euer Container sein. Fahren wir drauf zu.*"

Peter nickte kurz und überließ Aljoscha das weitere Aufspüren.

Tatsächlich hatten sie den Container gefunden. Er schien unbeschädigt. Sofort sammelten Nina und Peter die Fliegerseide des Fallschirms zusammen. Sie schenkten Aljoscha das teure Material, der gleich versicherte, dafür eine Verwendung zu finden. Peter gab die vierstellige Zahlenkombination in das Magnetschloss ein. Mit einem Klicken öffnete sich die Containertüre. Erfreut stellten Nina und Peter fest, dass der gesamte Inhalt immer noch fest verzurrt am Boden oder den Wänden stand oder hing. Peter nahm eines der zehn fabrikneuen M16 Sturmgewehre aus der Halterung und schenkte dies samt einem ordentlichen Munitionsvorrat Aljoscha, der sich sehr über dieses Geschenk freute. Auch eine der Pistolen reichte er an ihn weiter.

„*Wie soll es jetzt mit euch beiden weitergehen, Peter?*"

„*Wir packen jetzt alles Mögliche an Ausrüstungsgegenständen zusammen, was wir für den Einsatz benötigen und starten mit dem Motorschlitten los.*"

„*Dann folgt mir doch zu unserer Jurte und übernachtet bei uns. Morgen in der Früh brecht ihr dann auf Richtung Jakutsk. Heute schafft ihr es keinesfalls mehr bis zu eurem Zielgebiet.*"

Nina nickte Peter zustimmend zu.

„*Ja, ok, machen wir es so.*"

Eine gute Stunde benötigten Nina und Peter, bis sie alles Notwendige an Ausrüstungsgegenständen auf den Anhänger ihres Motorschlittens verpackt hatten. Wenig später folgten sie dem Hundeschlittengespann bis zur Jurte. Weil es wieder nach Neuschnee aussah, deckten sie den Schlitten mit der weißen Fliegerseide des Fallschirms ab. Den Abend verbrachten sie zusammen in dem mollig warmen Zelt. Peter zog zweitausend Dollar aus der wasserfesten Brieftasche, die er im Container vorgefunden hatte für den Fall, dass sie Bargeld benötigten. Dreitausend Dollar waren jetzt noch übrig. Aljoscha war anfangs etwas beschämt und wollte das Geschenk bereits zurückweisen. Als Peter ihm jedoch glaubhaft versicherte, dass er nicht auf das Geld angewiesen sei, nahm er es an.

„Wir können mit amerikanischen Dollar alles Mögliche für unseren täglichen Gebrauch im Laden der kanadischen Mine kaufen. Vielen Dank, Nina und Peter."

„Keine Ursache, Aljoscha. Ihr beide habt uns das Leben gerettet. Aber sag mal, was denkst du wie lange wir bis nach Jakutsk mit unserem Motorschlitten fahren werden?"

„Sechs Stunden bei gutem Wetter werdet ihr ganz sicher unterwegs sein."

„Weißt du denn, in welcher Region wir nach der Bunkeranlage suchen müssen?"

„Nein, leider nicht. Ich werde mich aber gleich danach erkundigen."

Aljoscha schnappte sich sein Handy und verschwand damit im hinteren Teil der Jurte, wo er mit seinem Dieselaggregat Strom für sein Telefon erzeugte. Wenig später kam er zurück.

„Ihr müsst hinter Jakutsk in östliche Richtung fahren. Etwa nach hundertzwanzig Kilometern hinter der Stadtgrenze weiter in östlicher Richtung erreicht ihr die Ausläufer des Bergmassivs. Leider existieren keine offiziellen Koordinaten des Bunkers. Ihr müsst den Berg ganz rechts etwa tausend Meter hochsteigen bis zu einem kleinen Plateau. Von dort gelangt ihr zu den Lüftungsschächten, durch die ihr in die Anlage gelangen könnt. Es ist wohl die einzige Möglichkeit, ungesehen in den Bunkerkomplex einsteigen zu können. Ihr müsst aber sehr vorsichtig sein. Überall stehen oder hängen Kameras. Außerdem erzeugen die riesigen Rotoren der Klimapropeller einen gewaltigen Sogeffekt. Ihr werdet das schon schaffen. Und jetzt essen wir erst einmal."

Nach dem Genuss eines kross gebratenen Rentierbratens mit Fladenbrot und einigen Flaschen Bier schliefen Nina und Peter in dieser Nacht tief und fest.

6

Die schneeweiße zwanzig Meter Yacht dümpelte lautlos auf der beinahe völlig ebenen und stillen Wasseroberfläche des Nordatlantiks vor sich hin. Der junge Eigner befand sich mit seiner Braut auf Hochzeitsreise. Sie waren den ganzen Tag gesegelt. Auch wenn es der Jacht an keiner digitalen Hilfe mangelte, die Segel zu setzen oder das Ruder zu bedienen, waren der Selfmade

Millionär aus der IT-Branche und seine frisch angetraute Gattin doch ziemlich kaputt, weshalb der junge Mann den Autopiloten eingeschaltet ließ. Eng umschlungen lag das junge Pärchen an Deck auf einer dicken kuscheligen Unterlage und döste vor sich hin. Die Segel waren eingeholt. Eine lauwarme Abendbrise vom spanischen Festland kommend streichelte sanft über ihre Haut. Innig küsste der Bräutigam seine Frau, als ihre Yacht plötzlich heftig hin und her zu schaukeln begann. Der junge Mann sprang sofort auf und schaute sich um. Das Wasser im Umkreis der Yacht brodelte, als würde es kochen. Auch die junge Frau war von der Liege aufgesprungen. Erschrocken beobachtete sie das Geschehen.

„Was ist da los, Bernd?"

„Ich weiß es nicht, Monika. Hoffentlich bricht hier jetzt nicht gerade ein Vulkan aus."

Noch während sie angespannt das Meer beobachteten, schoss etwa fünfhundert Meter von ihrer Yacht entfernt ein gewaltiges U-Boot aus der Tiefe des Atlantiks heraus. Rasch entfernte sich das U-Boot von ihrem Boot. Die junge Frau griff instinktiv zu ihrem Handy und fotografierte das Szenario. Als sich ein Deckel auf der Oberseite des U-Bootes öffnete und eine Rakete in rasendem Tempo den Bauch des Schiffes verließ, drückte die Frau auf den Filmsequenzauslöser. Sofort zeichnete ihr Handy das gesamte Szenario auf. Wenige Minuten später konnte die ganze Welt den Raketenabschuss von einem U-Boot aus im Netz verfolgen.

Dieser Raketentest, hochgeladen im Netz, blieb den Großmächten natürlich nicht verborgen, woraufhin die NATO Alarm auslöste. Wieder traten die Verteidigungsminister des Staatenbündnisses zusammen, um das Video aufzuarbeiten. Das Ergebnis war einfach niederschmetternd. Russland befand sich im Besitz von Hyperschallraketen des Typs ZIRKON, die von herkömmlichen Raketenabwehrsystemen der USA und ihren Partnern nicht abgefangen werden konnten. In ganz Europa liefen die Telefondrähte in den Verteidigungsministerien heiß. Europa schien mit einmal schutzlos gegenüber Russland zu sein.

Peter erwachte kurz nach sechs. Er rieb sich die Augen und setzte sich auf. Nina folgte ihm aus ihren Träumen. Auch Darja war bereits erwacht und sorgte für warmes Wasser, damit sich ihre Gäste frisch machen konnten. Noch bevor die Hausherrin das Frühstück bereitet hatte, verließ Peter die Jurte. Draußen traf ihn beinahe der Schlag. Zwei Handbreit hoch lag der Schnee auf ihrem Scooter. Peter war froh, dass er die Maschine nebst Schlittenanhänger am Abend zuvor komplett abgedeckt hatte. Der einzige Lichtblick war, dass es aufgehört hatte zu schneien und die Sonne aus einem stahlblauen Himmel gleißend und doch kraftlos herab schien. Nach einem ordentlichen Frühstück verabschiedeten sich die beiden Agenten von ihren Gastgebern. Sie tauschten noch ihre Handynummern für alle Fälle aus, bevor sie sich auf die lange Reise zu ihrem gefährlichen Einsatz irgendwo im tiefsten Sibirien aufmachten.

Zwei Stunden lang hielten die Akkus durch, bis sie ihre ganze Energie in die Thermoanzüge abgegeben hatten. Peter hatte schon beim Einsetzen der wieder aufladbaren Batterien festgestellt, dass diese nicht mehr neu waren. Eine halbe Stunde lang fuhr Peter noch weiter. Doch dann hatte sich die Kälte durch die Fasern ihrer Anzüge gefressen. Weil auch ihr Schlitten nach Treibstoff schrie, legten sie eine Pause ein. Die kleine, völlig verschneite Baumgruppe bot wenigstens ein wenig Sichtschutz gegen ungebetene Zuschauer. Während Peter den Inhalt von zwei großen Kanistern Diesel in den Tank ihres Scooters verfüllte, tauschte Nina die Akkus aus und schloss die leeren Teile an die Stromversorgung an. Um ein wenig Wärme aufzunehmen, gönnten sich Nina und Peter jeder einen Becher vom heißen Tee, den ihnen Aljoscha mitgegeben hatte. Nur gute zehn Minuten später, nachdem sie die kleine Baumgruppe angefahren hatten, startete Peter den Motor des Schlittens, der willig ansprang und gab Gas.

Die grellen Sonnenstrahlen, die ohne Sonnenbrillen überhaupt nicht zu ertragen waren, suggerierten eine wohlige Wärme, die jedoch nicht existierte. Das digitale Thermometer im Schlittencockpit zeigte minus 32° Celsius an. Doch Nina und Peter ließen sich durch nichts aufhalten. Unaufhaltsam fuhren sie dem Zielgebiet entgegen. Obwohl der Scooter gute 40 Kilo weniger zu ziehen hatte, nachdem Peter zwei Kanister Diesel in den Tank geleert hatte, ging ihr Spritverbrauch nur unmerklich zurück. In Sichtweite zum Ortseingang von Jakutsk suchte Peter wieder nach einem Halteplatz fern ab der Haupteinfallstraße. Eine abseits stehende Scheune, die man fast gar nicht von der Straße aus sehen konnte, kam ihnen als Lager- und Schlafplatz sehr entgegen. Nina benötigte nur wenige Handgriffe, bis sie das Schloss der Türe öffnen konnte. Vorsichtig schaute die junge Agentin in die Scheune hinein. Niemand war zu sehen. Sofort rangierte Peter den Schlitten mit Anhänger in den Innenraum hinein. Während er die nächsten beiden Kanister Diesel in den Tank ihres Schlittens leerte, bereitete Nina ihnen ein einfaches, wärmendes Strohlager. Auf den noch heißen Zylindern ihres Scooters wärmte sie den mitge-führten Rentierbraten und das Fladenbrot auf. Leider war ihnen der heiße Tee ausgegangen. Nina hatte alternativ Schnee in einen Topf gestopft und diesen auf einem kleinen Gasbrenner aufgewärmt. Der Instantkaffee, den sie daraus zauberte, war sogar genießbar.

Trotz Thermounterwäsche und dem Heizgebläse, dass ihnen permanent warme Luft in ihre Schlafsäcke blies, schliefen sie äußerst schlecht. Als sie früh am Morgen erwachten, fühlten sie sich wie gerädert. Ihre Gelenke schmerzten vor Kälte und ein allgemeines Wohlbefinden stellte sich nicht ein. Nina kochte Kaffee und wärmte mit dem kleinen Gaskocher hochwertiges Müsli mit Instant-milch auf. Peter verzog das Gesicht, als er die Pampe probierte.

„Der Geschmack hat etwas von aufgewärmter Wellpappe. Aber besser so als das der Magen leer bleibt."

„Willst du mir jetzt meine nicht vorhandenen Kochkünste vorwerfen, alter Agent? Die haben uns extra Pampe mitgegeben, damit du das in deinem Alter noch kauen und essen kannst."

Trotz der widrigen Umstände war die Stimmung gut, bis Peter versuchte den Scooter zu starten.

„Das sieht schwer nach Parafin aus, das die Einspritzdüsen zugesetzt hat. Lass Mama mal danach schauen. „

„Das ist kein Flugzeugmotor, Frau Ingenieurin, nur so zur Information. Wir wollen fahren nicht fliegen."
„Blödmann."

Nina wusste genau, was sie tun musste und schon sehr bald lief der Motor ihres Scooters wieder wie ein Uhrwerk. Ihre Stimmung blieb ausgelassen, auch wenn sie fast eine halbe Stunde Zeit verloren hatten.

7

Sie fuhren einen großen Bogen um Jakutsk herum, um nicht von irgendeinem russischen Soldaten, der Verdacht schöpfte, entdeckt zu werden. Nina hatte den Scooterlenker übernommen und manövrierte das Gefährt geschickt durch kleine Täler dem Bergmassiv entgegen. Als die Sonne bereits am Horizont verschwand und die Temperaturen wieder heftig nach unten wanderten, stoppte Nina den Scooter vor dem Bergmassiv. Mehrere Höhleneingänge sorgten für Zuversicht, ein Dach für die Nacht über dem Kopf zu finden. Doch von der

Bunkeranlage fehlte jede Spur. Nina und Peter suchten sich einen Höhleneingang aus, in den sie problemlos ihren Scooter schieben konnten, um diesen gegebenenfalls für ihre Flucht nutzen zu können. Schweißnass setzten sich die beiden Agenten gegen die Höhlenwand, nachdem sie den Scooter unsichtbar für Dritte in der Höhle verborgen hatten.

Wenig später, nachdem sie sich erholt hatten, suchten sie in der Höhle nach einem Ort, wo sie ihr Nachtlager aufschlagen konnten. Mit den schweren Handscheinwerfern leuchteten sie die Wände ab. Millionenfach reflektierten Eiskristalle das Licht.

„Ist ja richtig romantisch hier. Wir wandeln unter dem Sternenhimmel."

„Also ich kenne schönere Orte, Nina."

Sie gingen weiter, bis ihnen weißer Dampf entgegenblies. Je tiefer sie in die Höhe eindrangen, desto wärmer wurde es. Plötzlich standen sie vor einem See, auf dessen Wasseroberfläche Dampf-schwaden entlang waberten. Nina ging in die Hocke. Gerade als sie ihre Hand ins Wasser stecken wollte, um die Temperatur zu prüfen, riss sie Peter zur Seite.

„He, Nina, lass das besser sein. Die Bunkeranlage muss sich ganz in unserer Nähe befinden und dies könnte sehr gefährlich sein. Wenn die Russen ihre Energie für den Betrieb des Bunkers aus einem kompakten Kernreaktor ziehen, könnte dieser See die Kühlung des Reaktors übernehmen und das Wasser radioaktiv verseucht sein."

„Daran habe ich überhaupt nicht gedacht."

„Wir sollten das Prüfinstrument aus unserem Gepäck holen und testen, ob das Wasser kontaminiert ist."

Nina lief gleich los und schon nach wenigen Minuten stand sie wieder bei ihm. Peter setzte sofort den Minigeigerzähler in Betrieb. Doch alle Tests an verschiedenen Stellen des Sees verliefen negativ.

„Also, auf jeden Fall ist das Wasser schön warm."

„Das ist wohl richtig. Ich denke gerade darüber nach, welche Art von Anlagen sie wohl damit kühlen."

„Vielleicht filtern sie auch den Sauerstoff aus dem Wasser für ihre Klimaanlagen?"

„Auch eine gute Idee, Nina. Wollen wir baden gehen? Könnte dir rein olfaktorisch ganz sicher nicht schaden."

„Ich denke, da sind wir schon zwei. Du meinst, wir sollten nachschauen, ob wir über diesen Weg in die Anlage hineingelangen?"

„Ja, das wäre doch eine Möglichkeit. Ich denke auch, dass sie diese Kühlanlagen nicht besonders auf Eindringlinge überwachen. Wie gut sind denn deine Fähigkeiten was das Abnoetauchen anbelangt, Nina?"

„Mehr als 1,8 Minuten die Luft anzuhalten schaffe ich keinesfalls, eher weniger."

„Da bin ich auch nur schlechter. Aber wir sollten schon versuchen in Erfahrung zu bringen, ob wir auf diesem Weg in den Bunker gelangen."

„Ok, dann mal los, großer Meister."

Mit nur wenigen Handgriffen befreite sich Nina von all ihren Textilien und sprang ins angenehm temperierte Wasser. Auch Peter zog sich völlig aus.

„Besser wäre du lässt die Unterhose an, Peter. Sonst denken die Russen noch, sie werden von zwei Amazonen angegriffen."

„Blöde Zicke", rief er Nina grinsend zu.

Peter spritzte Nina ein wenig nass, nachdem er ebenfalls ins Wasser gesprungen war. Doch die beiden wurden sofort wieder ernst. Sie absolvierten ein paar Entspannungsübungen, bevor sie gemeinsam in die Tiefe abtauchten. Viermal kurz hintereinander wiederholten sie diesen Vorgang, bis sie völlig außer Atem auftauchten.

„Konntest du etwas erkennen, Peter?"

„Nein, nicht wirklich. Ich habe große Filterplatten gesehen, mit denen sie wohl das angesaugte Wasser von Schwebstoffen und Fremdkörpern reinigen."

Plötzlich begann es laut zu grummeln. Das Seewasser wurde kräftig in Bewegung versetzt. Eine gewaltige Sogwirkung zog das Wasser in die Tiefe und ließ den Wasserspiegel um sicher drei Meter absinken. In letzter Sekunde konnten sich Nina und Peter an Land retten. Wäre ihnen das nicht gelungen, hätte sie der starke Sog ganz sicher in den Tod gerissen. Ein wenig zitternd beobachteten sie vom Uferrand aus das Geschehen.

„Da haben wir aber mächtig Glück gehabt. Wären wir gerade jetzt abgetaucht, hätte uns der Sog in

den Filter gerissen und wahrscheinlich zerhackt und entsorgt."

„Das sehe ich genauso. Aber wie es scheint haben wir die Bunkeranlage gefunden. Jetzt fehlt uns nur noch der passende Zugang."

Nachdem sie sich wieder trockengelegt und dick angezogen hatten, schafften sie ihre Thermoschlafsäcke sowie ihre Ausrüstung tief in die Höhle hinein. Sie beschlossen, etwas erhöht ganz nah am Seeufer zu kampieren. Hier lagen die Temperaturen knapp über dem Gefrierpunkt und sie waren geschützt vor neugierigen Blicken. Das extrem klare Seewasser besaß Trinkwasser-qualität, was die Vorfreude auf einen heißen Kaffee steigen ließ. Sie wärmten zwei Fertiggerichte auf und brachten so ein wenig Normalität in ihr Leben zurück.

„Wie wollen wir weiter vorgehen, Peter?"

„Ehrlich gesagt bin ich völlig ratlos. Die Anlage muss sich hier in unmittelbarer Nähe befinden, sonst würde der See nicht als Kühleinheit oder Luftbefeuchter genutzt."

„Das sollte aber auch bedeuten, dass sich hier in der Nähe des Berges ein Wartungszugang zur Anlage befindet."

„Ja, da hast du recht und genau danach sollten wir morgen suchen. Wenn wir erst einmal den Zugang gefunden haben, beginnt unser eigentlicher Job."

„Der nicht minder schwierig sein wird wie schon unser Weg hierher, Peter."

„Ganz zu schweigen von unserem Rückweg."

Bevor die beiden Agenten ihre Schlafsäcke aufsuchten, inspizierten Nina und Peter noch einmal genau das zur Verfügung stehende technische Gerät für ihren Einsatz.

„Ist nicht gerade umfangreich, was uns an Equipment mitgegeben wurde."

„In der Tat, Nina, alles ziemlich alter Kram. Ich schlage vor, wir nehmen jeder zwei Pistolen und ausreichend Munition mit. Die Sturmgewehre lassen wir auf dem Schlitten. Außerdem sollten wir jeder vier C4 Sprengladungen von der kleinen Ausführung mitnehmen für alle Fälle. Ja, und dann den Codierer für digitale Türschlösser. Hier sind auch die roten Virensticks, mit denen wir die IT für lange Zeit lahmlegen sollen."

„Dafür müssen wir aber erst einmal das Terminal mit dem Zentralrechner finden."

„Das dürfte schon verdammt schwierig sein. Aber dafür sind wir ausgebildet worden und das ist der Grund unseres Einsatzes. Komm, lass uns eine Mütze Schlaf nehmen, damit wir morgen frisch sind. Wenn wir die Gegebenheiten ausgekundschaftet haben, sollten wir gegen Mitternacht losschlagen."

„Mal sehen, ob ich überhaupt schlafen kann, wo du doch immer so schnarchst, Peter."

Nina grinste ihn frech an.

8

Bereits gegen sechs Uhr in der Früh begaben sich Nina und Peter auf Inspektionstour durch die Höhle. Nach ersten Erkenntnissen verliefen sechs Gänge vom Zentrum aus in unterschiedlichen Richtungen ins Höhleninnere. Und jedes Mal mussten Nina und Peter eine Spur legen, damit sie wieder zurück zum See fanden. Immer wieder zweigten die Gänge erneut ab. Bis zum Nachmittag lagen die ersten Ergebnisse ihrer Durchsuchungen von drei Gängen ohne den Gewinn neuer Erkenntnisse hinter ihnen. Die Nervosität nahm nach jedem Fehlversuch erheblich zu. Der Erfolgsdruck wurde beinahe unerträglich. Nur allzu gut wussten die beiden Agenten, dass am anderen Ende der Welt alle Augen auf sie gerichtet waren, um das Ungleichgewicht zwischen den Systemen von Ost und West zu egalisieren.

„Hallo, Mister Sharp. Wie ist Ihr Befinden?"

„Soweit ganz gut. Danke der Nachfrage, Herr Generalsekretär. Aber Sie rufen mich ganz sicher nicht an, um sich nur nach meinem Gesundheitsstatus zu erkundigen."

„Da haben Sie völlig recht, Mister Sharp. Die Welt und die NATO befinden sich in Aufruhr. Auch der amerikanische Präsident fragt alle paar Stunden bei mir nach, ob es Neuigkeiten gibt.

Gibt es welche?"

„Es gibt überhaupt keine Informationen zum Verlauf des Einsatzes meiner Leute. Ich habe meine beiden besten Agenten in diesen völlig unvorbereiteten Einsatz geschickt. Was wir bisher wissen ist, dass der Container und meine Leute wegen eines Navigationsfehlers des Transportfliegers weit abgetrieben wurden. Ich kann Ihnen nicht einmal sagen, ob die beiden Agenten überhaupt noch leben. In dieser Region Sibiriens herrschen zurzeit Temperaturen von bis zu minus

40° Celsius vor. *Die Ausrüstung ist ziemlich veraltet. Ob sie den Transportbehälter überhaupt in dieser Schneewüste ohne GPS gefunden haben, ist ebenfalls unklar. Sie können sich ganz sicher auch denken, Herr Generalsekretär, dass ich während eines Einsatzes keinen Kontakt zu meinen Leuten aufnehmen kann. Wenn die beiden Agenten von den Russen geschnappt werden, muss ich ohnehin leugnen die beiden zu kennen."*

„Was für ein Dilemma, Mister Sharp!"

„In der Tat, Sir."

„Uns wurde bereits ein weiterer Zwischenfall in internationalen Gewässern vor Spanien im Nordatlantik gemeldet. Ein junges Pärchen beobachtete von ihrer Yacht aus, wie ein U-Boot aus dem Nichts auftauchte und zwei ultraschnelle Raketen abschoss. Die beiden Raketen sind in russischen Gewässern ins Meer gestürzt. Wir benötigen dringend Ergebnisse. Alleine schon deshalb, damit der Ami nicht völlig austickt."

„Verstehe, Sir, der zweite Fall ist mir bereits bekannt, aber wie schon gesagt müssen wir abwarten und hoffen, dass der Einsatz glücklich zu Ende geht."

„Ok, Sie halten mich bitte auf dem Laufenden, Mister Sharp."

„Selbstverständlich, Herr Generalsekretär."

Etwa zwei Stunden später tauchte die USS Virginia etwa zweihundert Seemeilen vor Portugal auf. Die Besatzung öffnete ohne Umschweife zwei Raketensilos und feuerte nacheinander zwei ballistische Raketen ohne atomare Sprengköpfe in den Himmel als Antwort auf den Raketentest der Russen. Zwar flogen die beiden Raketen nicht annähernd so schnell wie die russischen, doch dafür war ihre Sprengkraft um ein Vielfaches höher. Entsprechend gewaltig war die Druckwelle, als die Raketen im Atlantik einschlugen. Der amerikanische Präsident rieb sich zufrieden die Hände, als er die Meldung hereinbekam, dass der Test der beiden modifizierten Mittelstreckenraketen erfolgreich gewesen war.

Nina und Peter waren völlig kaputt, als sie wieder den Höhlensee erreichten. Entsprechend warfen sie sich hin. Nina kochte Kaffee. Die Kälte war wegen der Länge des Einsatzes tief in ihre Anzüge gekrochen. Auch die Inspektion des vierten Weges mit sämtlichen Abzweigungen hatte keine Erkenntnisse zu einem Zugang in die Bunkeranlage gebracht. Ein wenig Resignation machte sich breit. Nina spürte vor Kälte kaum noch ihre Füße.
„Komm hoch, Frau Agentin, wir schauen uns für heute noch den letzten Tunnel an. Vielleicht haben wir ja Glück."

Diesmal gab es keine Zeugen. Blubbernd und gluckernd tauchte das russische U-Boot der Borei-Klasse auf. Majestätisch schob sich der gewaltige Turm des Unterseebootes an die Wasseroberfläche. Ohne Verzögerung öffneten sich hydraulisch die wasserdichten Deckel zweier Raketensilos. Der Kommandant drehte das Boot noch etwas nach Backbord bei. Kurz bevor er den Befehl zum Abschuss der Testraketen gab, meldete ihm sein Lauschposten heftige Geräusche aus der Tiefe knapp fünfhundert Meter entfernt. Der erfahrene Kapitän Lutjenkov stoppte den Raketencountdown um abzuwarten, was geschah. Als man ihm berichtete, dass ein amerikanisches Atom-U-Boot im Begriff war aufzutauchen, wurde er nachdenklich. Langsam stieg er im Turm hoch und trat auf die kleine Plattform. Es handelte sich um die USS Virginia, die sich gerade auspendelte und etwa 6oo Meter vom russischen Boot entfernt mit seiner Breitseite daneben platzierte. Kapitän Lutjenkov war ein altgedienter Marineoffizier mit Kampferfahrung. Ohne Hektik zu verbreiten besah er sich das Manöver des Feindbootes. Plötzlich tauchte an Deck des amerikanischen U-Bootes ebenfalls der Kapitän auf. Er zog seine Schirmmütze auf und blickte eine Zeit lang zu Lutjenkov herüber, bevor er seine rechte Hand zum Gruß an die Mütze legte. Lutjenkov tat es ihm gleich. Umgehend gab er den Befehl die beiden Raketensiloklappen zu schließen. Die alten Seebären winkten sich kurz noch zu, bevor die beiden größten Atom-U-Boote, deren geballte Feuerkraft problemlos die halbe Welt in Schutt und Asche legen konnten, den Befehl gaben, friedlich abzutauchen. Diese Begegnung erschien in keinem Logbuch. Eine Anekdote zum Vorfall, die der ein oder andere Kadett in einer Kneipe nach reichlich Alkohol zum Besten gab, wurde gleich von allen Zuhörern als Seemannsgarn eingestuft und vergessen.

Erneut stiegen Nina und Peter fest eingezwängt in ihre Thermoanzüge ins Tunnelsystem der Höhle ein. Schon sehr rasch fiel ihnen auf, dass die Wände und Decken des Ganges mechanisch bearbeitet wurden.

„Wir müssen hier besonders aufpassen, Nina. Wie mir scheint wurde an diesem Gang gearbeitet. Die Breite und Höhe wurden vergrößert. Vielleicht wurden sogar Kameras installiert. Hier könnte irgendwo der Zugang zur Bunkeranlage verborgen sein. Also Vorsicht."

„Achtung, Peter, dort vorn ist eine Kamera."

Peter hielt sofort inne und schaute sich vorsichtig um. Dann erblickte das vergitterte Gehäuse einer Kamera.

„Hier ist auch ein großes Tor. Sieh es dir an, Nina. Vermutlich werden auf diesem Weg LKWs mit Ersatzteilen und anderen Gütern in die Anlage geschleust."

Geschickt tricksten die beiden Agenten das technische Auge der Kamera aus. Direkt unterhalb des Überwachungsgerätes drückten sich Nina und Peter rücklings fest gegen die Eiswand.

„Spürst du das auch, Nina? Die Wand hinter uns ist überhaupt nicht kalt."

„Ja, stimmt und auch nicht hart wie Eis.

„Das ist eine Art PU-Schaum, der auf eine Stahlplatte aufgespritzt wurde. Sieh hier, Peter."

„Das ist auch keine Wand. Das ist ein gewaltiges Tor mit einer Fluchttür. Schau da vorn."

„Das scheint tatsächlich eine Einfahrt in die Anlage zu sein."

„Dann sollten wir schauen, ob wir hier hineinkommen."

„Ich denke, dass dies funktionieren wird."

„Ja, dann mal los, Nina. Lass uns zuerst checken, ob und wie die Türe gesichert ist."

Vorsichtig hangelten Nina und Peter zum Tor herüber ohne, dass sie die Überwachungskamera erfassen konnte. Wie Peter schon vermutet hatte, handelte es sich bei der Torsicherung um ein digitales Zahlenschloss wie auch bei der Schließanlage der Fluchttüre. Ohne sich ausladend zu bewegen zog Peter seinen Rucksack aus und fingerte das Decodier-Gerät hervor.

Da es sich um ein älteres Modell handelte, würde die Code-Entschlüsselung entsprechend lange dauern. Plötzlich vernahmen sie ein Geräusch, wie es nur schwere Dieselmotoren erzeugten, die sehr langsam fuhren. Träge und in den Gummigelenken heftig quietschend, schaukelte der schwere Fünfachser-LKW auf der eisbedeckten Straße dem Tor entgegen. Nina und Peter versteckten sich hinter einem Eisklotz. Sie warteten ab und schauten, ob sie nicht auf der Ladefläche des LKW die Eingangstüre überwinden konnten. Tatsächlich war die hintere Plane nicht fest verzurrt. Jetzt hieß es den Moment abwarten, an dem der LKW ganz nah bei ihnen vorbeifuhr und die Kamera durch den Aufbau verdeckt wurde.

Mit einmal war es soweit. Peter hoffte nur, dass der LKW nicht mit einer Wachmannschaft auf der Ladefläche besetzt war. Doch sie hatten Glück. Mit einem kräftigen Sprung landeten die beiden Agenten beinahe lautlos auf der Pritsche des Lasters. Langsam öffnete sich das schwere Eisentor. Peter beobachtete die Zeremonie durch einen kleinen Riss in der Plane. Als die beiden Agenten schon tief Luft holen wollten in der Annahme, den Eintritt in die Anlage geschafft zu haben, vernahmen sie draußen laute Gesprächsfetzen. Peter verstand in Bruchstücken, dass der LKW genau untersucht werden sollte. Blitzschnell krochen Nina und Peter hinter dem Führerhaus unter eine schmutzige Plane, die zwei große Kisten verbarg, die die einzige Fracht auf dem LKW darstellten. Doch wie es schien hatte der Fahrer des LKW die Wachmannschaft beim Kartenspiel gestört. Die beiden Soldaten hoben nur kurz die hintere LKW-Plane hoch und vergewisserten sich, dass sich niemand auf der Ladefläche befand. Ohne weitere Kontrollen winkte die Wache den Laster durch. Sie waren drin.

9

Beinahe fünfzehn Minuten lang fuhr der LKW über scheinbar völlig ebene Straßen. Kein einziges Holpern erschütterte die Karosserie.

„Wir müssen schauen, dass wir hier unerkannt von der Ladefläche verschwinden."

„Hast du eigentlich schon eine Idee, wie wir die Kommandozentrale der Anlage finden?"

„Ehrlich gesagt nein. Wenn wir überhaupt keinen Hinweis dazu entdecken, müssen wir uns einen der Offiziere schnappen."

„Das sehe ich genauso."

Vorsichtig rutsche Peter unter der Plane hervor und durch bis zur Ladeklappe. Er wollte unbedingt herausbekommen, warum der Laster immer wieder anhielt, kurz verharrte und dann weiterfuhr.

„Der LKW muss immer den Gegenverkehr passieren lassen, bevor er selbst weiterfahren darf. Wir müssen schauen, dass wir hier unerkannt runterkommen, Nina."

Auch Nina Brennan kam unter der Plane hervor. Schnell rutschte sie zu Peter herüber.

„Beim nächsten Stopp?"

„OK, dann beim nächsten Stopp."

Peter hatte sich gemerkt, dass die Stopps nie länger als eine Minute andauerten. Plötzlich hielt der LKW wieder. Peter half Nina kurz über die Ladeklappe zu klettern, um dann selbst vom Wagen herunter zu springen. Sie hielten sich ganz mittig, damit sie der Fahrer nicht im Rückspiegel entdecken konnte. Als dann der LKW, nachdem eine kleine Ampel vor ihm grünes Licht anzeigte anfuhr, rollten sie sich nach rechts ganz nah an die Wand heran in der Hoffnung, dass ihre Anwesenheit von keiner Kamera entdeckt wurde. Sie warteten ab, bis der Laster hinter der Kälteschutzvorrichtung verschwunden war.

Vorsichtig schauten sie sich um. Die einzige Kamera, die über der Fahrbahn montiert war, fuhr immer wieder von rechts nach links, ohne sie jedoch erkennen zu können. Rechts, wenige Meter hinter ihnen, machten sie eine Fluchttüre aus.

„Lass uns versuchen, durch diese Türe hier zu verschwinden, Nina."

„Ja, das könnte gehen. Mal schauen, wo wir landen."

Tatsächlich war die Türe unverschlossen. Blitzschnell bewegten sich die beiden Agenten weg von der Versorgungsstraße. Mit einmal standen sie in einem Treppenhaus aus grau gestrichenem Stahlbeton.

„Was denkst du, Peter, müssen wir nach oben oder nach unten?"

„Wenn ich das wüsste. Siehst du hier irgendwo ein Hinweisschild?"

„Nein, hier ist absolut nichts."

"Wenn du so eine Anlage planen und bauen müsstest, wohin würdest du deine Kommandozentrale legen, Nina? Tief ins Innere hinein nach unten oder ganz oben am Eingang?"

„Also, wenn du mich so fragst, natürlich ganz nach unten. Dort liegt sie eindeutig geschützter."

„So sehe ich das auch. Also bewegen wir uns nach unten."

Acht Geschosse tiefer endete das triste Treppenhaus in einem Gang mit jeweils einer Stahltüre nach rechts und nach links. Nina flüsterte Peter zu.

„Und was jetzt? Rechts oder links?"

„Lass es uns zunächst auf der linken Seite probieren."

Vorsichtig bewegten sie sich der Stahltüre entgegen. Überwachungskameras gab es keine. Peter streckte seine Hand nach dem Türgriff aus und drückte ihn herunter. Die Stahltüre glitt auf. Ein nervender Summton sowie Dunkelheit empfing sie.

Lediglich kleine, grüne Notleuchten sorgten für diffuses Licht. Als sich ihre Augen an die Dunkelheit gewöhnt hatten, sah Peter eine Warntafel an der Wand kleben. Dank seiner, wenn auch bescheidenen Russischkenntnisse konnte Peter entziffern, was auf dem Warnschild stand.

„Vorsicht Radioaktivität – Schutzanzüge anlegen."

„Wir befinden uns im Reaktorbereich, Nina. Hier werden Schutzanzüge erforderlich."

„Ja, habe ich gelesen. So viel Russisch kann ich mittlerweile auch schon."

„Dann sollten wir nachschauen, was sich hinter der anderen Türe verbirgt."

Auf leisen Sohlen liefen sie der rechten Türe entgegen. Doch sie fanden die gleichen Verhältnisse vor wie auf der linken Seite.

„Der Kernreaktor für den Bunker scheint verdammt groß zu sein."

„Das sehe ich genauso, Peter. So wie ich das beurteile benötigen die Russen hier eine gewaltige Menge an Energie für Heizung und Stromerzeugung. Der Bunker scheint so riesig zu sein wie eine ganze Stadt."

„Wenn die Russen von diesem Bunker aus ihre Drohnen und Raketen steuern, wird der Energieverbrauch tatsächlich gigantisch sein. Komm, wir müssen weiter. Schauen wir uns die nächste Etage an."

Die Räumlichkeiten in den nächsten drei Geschossen über ihnen schienen der Verwaltung vorbehalten sowie für diverse Sozialräume reserviert zu sein. Zweimal wären sie beinahe russischen Soldaten in die Hände gefallen und nur durch einen Sprung in einen seitlich gelegenen Raum konnten sie verhindern, entdeckt zu werden. Aus Sicherheitsgründen beschlossen sie, sich in einer der vielen Abstellkammern zu verbergen, um abzuwarten bis es Nacht geworden war, damit sie ihren Auftrag erfüllen konnten.

Die Luft im Materialraum war heiß und stickig. Es stank nach feuchten Putztüchern und billigen Reinigungsmitteln. Nina und Peter nahmen auf den beiden einzigen Stühlen Platz. Müde dösten sie vor sich hin. Gegen acht Uhr vernahmen sie draußen Stimmen. Wie es schien war die Putzkolonne erschienen. Sofort versteckten sich die beiden Agenten in zwei völlig leeren Materialschränken. Diese Maßnahme geschah keine Sekunde zu früh. Eine junge Frau öffnete die Türe. Lustlos betrat sie den Raum. Sie setzte sich gleich auf einen der beiden Stühle. Aus ihrem Beutel zog sie eine Thermosflasche heraus. Sie schraubte den Deckel ab und goss sich heißen Kaffee in den Deckelbecher. In kleinen Schlucken schlürfte sie den Koffeinwachmacher in sich hinein. Sie nahm ein Päckchen Zigaretten aus ihrer Jacke. Jetzt noch so ein Nikotinstäbchen zur Aufmunterung würde sicher guttun. Doch wusste die junge Frau ganz genau, dass sie mit dem Entzünden der Zigarette einen Feuerwehreinsatz auslösen würde, der ganz sicher ihren Job kostete. Missgelaunt schob sie die Zigaretten zurück in der Weichpackung in ihre Jackentasche. Bevor sie den Materialraum verließ, schüttete sie sich den Rest aus dem Kaffeebecher in den Mund und entnahm dem Materialschrank einen Schrubber, einen schwarzen Putzeimer sowie einen noch feuchten Feudel. Genauso leise wie sie den Raum betreten hatte, verließ sie ihn auch und löschte das Licht. Sofort traten Nina und Peter aus ihrem Versteck hervor.

„Was denkst du, Peter, kann sie wissen, wo die Kommandozentrale untergebracht ist?"
„Das glaube ich nicht. Sie ist ganz sicher eine Zivilangestellte, die für die Reinigung eines festen Abschnittes zuständig ist. Selbst wenn wir sie etwas intensiver befragen, kann sie uns keine wirklich brauchbaren Auskünfte erteilen."
„Und wie machen wir jetzt weiter?"
„Wenn die Raumpflegefee ihre Utensilien zurück in den Schrank gebracht hat, ist das für uns ein Zeichen, dass die Reinigungsarbeiten im Bunker beendet sein dürften. Dann wird nur noch eine Nachtbesatzung anwesend sein, die in Bereitschaft steht. Genau in diesem Moment müssen wir loslegen und schauen, ob wir die Zentrale finden und wenn ja die Rechner infizieren.

10

Wieder hieß es lange warten, ohne etwas tun zu können. Langsam gingen ihnen auch ihre Mineralwasservorräte sowie die Müsliriegel aus. Als Toilette nutzten sie das kleine Waschbecken, um sich erleichtern zu können. Kurz vor 24 Uhr betrat die Reinigungskraft erneut den Raum. Sofort stellte sie ihre Reinigungsutensilien zurück in den

Materialschrank. Ihr Aufenthalt dauerte keine fünf Minuten. In einem Zug schüttete sich die junge Frau ihren Restkaffee gleich aus der Thermoskanne in den Mund, bevor sie wieder verschwand. Nina und Peter hätten jetzt auch gern einen Kaffee getrunken, doch sie waren nicht eingeladen. Die beiden Agenten warteten noch einen Moment ab, bevor sie ebenfalls den Raum verließen. Auf dem Gang herrschte absolute Stille. Rasch über-brückten sie den Weg den Gang entlang bis zum Zugang ins Treppenhaus. Bevor sie es jedoch betraten, lauschten sie hinein. Doch bis auf das permanente Summen, das offensichtlich die Turbinen des Kernreaktors erzeugten, war nichts zu vernehmen. Auf leisen Sohlen liefen Nina und Peter die beiden Treppen runter, um das nächste Geschoss zu erreichen. Immer wieder blieben sie stehen. Dabei horchten sie in alle Richtungen, ob sich jemand in der Nähe befand. Doch es blieb ruhig. Als sie die nächste Etage erreichten, änderte sich plötzlich alles. Die Wände der Gänge sowie die Decken waren weiß gestrichen, die Böden mit Auslageware ansehnlich gestaltet. Offiziersmesse, entzifferte Peter ein Schild an der Wand.

Nur diffus spendete die Nachtbeleuchtung ein wenig Licht. Es schien, dass sich die Bunker-besatzung um eine festgeschriebene Zeit in ihre Stuben zu begeben hatte oder sich freiwillig aus Langeweile dorthin zurückzog. Ohne Aufsehen zu erregen verließen Nina und Peter auch diese Etage und stiegen die Treppe ein weiteres Geschoss in die Tiefe. Offensichtlich waren auf dieser Ebene die Soldatinnen untergebracht, wenn Peter die kyrillischen Buchstaben auf dem Schild an der Türe richtig übersetzte. Plötzlich flog eine Türe auf. Eine junge, blonde und sehr sportliche Frau im grünen Pyjama trat auf den Gang. Erschrocken blickte sie Peter und Nina an.

„Hallo, seid ihr die Neuen, die das Außengelände bewachen?"

Peter antwortete wortkarg mit *„da"*, was jedoch nicht an seiner kommunikativen Art, sondern seinen mangelnden Russischkenntnissen lag. Die junge Offizierin besah sich Nina und Peter jetzt genauer.

„Ihr seid überhaupt keine Russen. Ihr seid Eindringlinge."

Sie wollte um Hilfe schreien und losstürzen, um den roten Alarmknopf zu drücken, als Nina ihrem Treiben mit einem gezielten Schlag gegen den Hals jegliche Luft nahm und sie schlichtweg ausschaltete. Peter öffnete derweil die Stubentüre der Russin, während Nina sie auffing und auf ihr Bett warf. Rasch schlossen sie die Türe von innen zu. Mit dem Gürtel ihres Bademantels fesselte Nina die junge Soldatin. Anschließend schob sie ihr einen dicken Socken als Knebel in den Mund. Peter musste grinsen über den Einfallsreichtum seiner Kollegin.

„Was für ein Glück, dass du alle James Bond Filme gesehen hast, Nina. Der Trick ist genial."

„Tja, mein Lieber, halt ein echter Nina Brennan."

Peter schaute sich in der Einbettstube der Russin genau um. An den Wänden hingen viele private Fotos sowie zwei Poster von nicht unattraktiven Männermodels in Camouflage Stringtangas und

Kalaschnikows in der Hand. Mädchenträume halt. Peter öffnete den Kleiderschrank. In der rechten Türe hing ein Lageplan der Anlage. Ganz sicher für die Soldaten gedacht, die neu eingetroffen waren, um sich besser zurechtzufinden. Peter klaubte all seine Russischkenntnisse zusammen, um den Plan richtig verstehen zu können.

„Wenn ich den Lageplan richtig verstehe, liegt die Kommandozentrale, nach der wir suchen, im Nebengebäude im achten Untergeschoss. Hier steht auch wie wir dorthin gelangen."

„Die Lady hier heißt Svetlana Brochnikova. Sie besitzt den Dienstgrad eines Oberleutnants und hat tatsächlich Zugang zum Allerheiligsten. Steht wenigstens hier auf der Rückseite ihres Namensschilds."

„Was machen wir jetzt mit ihr?"

„So wie das Namensschild aussieht, wird es auch als Chipkarte genutzt. Das nehmen wir natürlich mit. Tja, legen wir sie um."

Peter stockte nur der Atem. Entsetzt schaute er Nina an, die jedoch zu lachen begann.

„Quatsch, wir müssen sie fesseln, damit sie hier nicht abhauen kann. Ich zerstöre noch ihr Telefon und dann sollten wir los."

Der Knebel wirkte eklig, war aber ganz sicher äußerst effektiv. Als die junge Frau aus ihrer Ohnmacht erwachte versetzte Nina ihr erneut einen Schlag, sodass sie wieder in einen Tiefschlaf verfiel. Peter kontrollierte noch einmal die Fesselung am Bett und nickte. Sofort verließen sie die Offiziersstube. Peter hatte sich den Plan aus dem Zimmer eingesteckt. Schlag ein Uhr schaltete sich die Beleuchtung im gesamten Innenbereich der Anlage ab. Lediglich winzige grüne Notleuchten sorgten dafür, dass niemand die Treppen hinunterfiel. Die beiden britischen Agenten glichen immer wieder die Gegebenheiten im Treppenhaus mit denen des Lageplans aus der Stube von Oberleutnant Brochnikova ab, bis sie plötzlich den Quergang zum Zentralbunker fanden. Im letzten Moment erkannten sie, dass die beiden Such-scheinwerfer, die mit Kameras verbunden waren, permanent mit regelmäßigen Bewegungen den Gang ausleuchteten und absuchten. Keine Sekunde zu früh riss Nina Peter zur Seite, damit er nicht von der rechten Kamera erfasst wurde.

„Das war verdammt knapp, danke, Nina."

„Habe ich nur gemacht, weil sie mich ja dann auch schnappen."

Peter musste grinsen ob Ninas Humor. Etwa zwanzig Minuten lang sahen sie sich genau an, welche Wege und nach welchem Muster die Kameras über den Boden streiften, bis sie sich schlüssig waren, wie sie die etwa dreißig Meter bis zur Eingangstüre ohne entdeckt zu werden hinter sich bringen konnten.

„Ist wie beim Stricken, Peter. Du beginnst mit zwei Schritten nach rechts, dann drei nach links wieder einer nach rechts und noch einmal zwei nach links. Entweder legen dich danach die Wachen nach deinem Spaziergang um oder wir stehen vor dem Eingang ins Allerheiligste."

„Ok, ich lerne die Schrittfolge auswendig und dann sehen wir weiter."

Sie ließen sich noch eine ganze Weile Zeit, bis sie die Schrittfolge verinnerlicht hatten. Peter nickte kurz und startete los. Es hatte etwas von klassischem Ballett wie Peter so davon hüpfte. Beinahe hätte es ihn vor dem letzten Sprung dann doch noch erwischt. Doch er hatte Glück. Nina fiel der Balanceakt, dem Lichtmuster zu folgen, erheblich leichter. Trotzdem waren beide froh, ungesehen den Zugang erreicht zu haben. Sofort inspizierte Nina die Technik der Schließanlage.

„Verdammt, wir brauchen dafür den Fingerabdruck von der Brochnikova. Aber wir können ihr ja keinen Finger abschneiden."
Nina schmunzelte und zog einen Handschuh aus ihrer Hosentasche.
„Was willst du denn damit, Nina?"
„Der Handschuh gehört der Brochnikova. Es ist ein Thermohandschuh der innen mit Naturkautschuk ausgekleidet ist. Ich drehe den Handschuh vorsichtig auf links und hoffe, dass sich ihr Fingerprint auf dem Gummi im Handschuh so abgebildet hat, dass es für den Scanner hier reicht. Wir müssen halt jeden Versuch unternehmen dort hineinzugelangen."
Nina hielt als erstes die Rückseite des Namensschildes gegen den Scanner, der sofort nach dem Fingerprint fragte. Nina streifte sich den rechten Zeigefinger des Handschuhs über ihren Finger und legte ihn auf das blinkende Scannerfeld. Nach dem zweiten Versuch schwang die Sicherheitstüre auf.

11

Im Hochsicherheitstrakt empfing die beiden britischen Agenten die gleiche Dunkelheit wie im Treppenhaus. Nachdem sie sich ein wenig orientiert hatten, fanden sie an einer Wand einen Plan, der ihnen den Weg zum Computerzentrum wies. Plötzlich vernahmen sie Stimmen. Peters Hand ergriff den nächsten Türknauf in seiner Nähe. Das Türblatt gab nach und schon standen Nina und Peter in einem völlig dunklen Materialraum, in dem es stark nach Reinigungsmitteln stank.

„Das war verdammt knapp. Aber sauber ist es hier wirklich überall", flüsterte Peter.

Sie warteten zehn Minuten und verließen die Kammer. Dem Plan an der Wand folgend liefen sie nach links bis zum Ende des Ganges. Dort öffneten sie eine Feuerschutztüre und betraten erneut einen Gang. Vom Plan an der Wand weiter geleitet gingen sie nach rechts, bis sie wieder eine besonders gesicherte Panzertüre vorfanden. Völlig cool zückte Nina den auf links gedrehten Handschuh. Wieder steckte sie ihren Finger hinein und drückte diesen auf den Scanner. Es brauchte diesmal allerdings drei Versuche, bis sich das biometrisch gesicherte Schloss endlich öffnen ließ. Blitzschnell und lautlos huschten Nina und Peter in den streng geheimen Bereich. Da scheinbar niemand im Führungsstab damit rechnete, dass sich Fremde in diese Eiswüste verirren könnten, lagen die Terminals unbewacht vor ihnen. Wenigstens stießen sie auf keine Wachmannschaft oder Streifen, die das Gebäude sicherten. Lediglich das Surren der

Kameras, die ständig kreuz und quer die Räume nach ungebetenen Gästen absuchten, war zu vernehmen. Nina und Peter bewegten sich lautlos an der Wand entlang. Jedes Mal, wenn die Objektive der Kamera auf sie zu drehten, gingen sie auf die Knie oder sie machten artistische Verrenkungen, um nicht ins Visier der Kameras zu gelangen.

„Lass uns da vorn hinter der Schrankwand Schutz suchen, Nina. Dahinter können die Kameras uns nicht entdecken."

Nina nickte Peter still zu. Sie warteten einen unbeobachteten Moment ab und sprangen hinter den Schrank, der auch als Raumteiler diente. Beiden lief der Schweiß vom Kopf ab den Rücken herunter. Bisher war zwar alles gut gegangen. Doch ihren Auftrag hatten sie noch lange nicht erfüllt. Auch ein Weg, die Bunkeranlage zu verlassen, war noch nicht gefunden. Nachdem sie ein paar Minuten regungslos mit dem Rücken zur Schrankwand still dagesessen hatten, zog Peter vier rote Sticks aus der Ärmeltasche seines Thermoanzugs heraus. Obwohl es nicht ganz leicht war, sich in der Dunkelheit der Kommandozentrale zurecht zu finden, entdeckten sie rasch den Leitstand der Anlage. Auf dem Bauch liegend krochen sie zum Steuerstand herüber. Sofort versteckten sie sich unter dem schreibtischähnlichen Möbel. Peter schaute sich genau um. Vor den Wandkameras brauchten sie sich nicht zu fürchten. Ihr Radius wurde völlig anders gewählt. Schon bald erkannten sie auch warum. Peter ließ äußerte Vorsicht walten, obwohl die Kameras sie nicht erfassen konnten. Als er jedoch seinen Kopf hob, um an die Slots für sie Sticks zu gelangen, starrte ihn unerwartet das Objektiv einer Kamera an. Er reagierte umgehend und ließ sich zu Boden fallen. Im gleichen Moment reagierte der Bewegungsmelder der Kamera. Peters Herz raste. Hatte die Kamera ihn noch erwischt? Waren sie in wenigen Minuten von Sicherheitskräften umstellt? Eines jedenfalls hatte er sich gemerkt, während er seinen Kopf gehoben hatte: Die Slots lagen recht günstig. Mit seiner schlanken Hand sollte ihm gelingen, die Sticks unbemerkt hineinzuschieben. Peter musste dringend handeln. Selbst wenn sie aufgeflogen waren, konnte er jetzt noch den Virenbefall des Zentralservers einleiten. Blitzschnell schob er die vier Sticks in die Slots.

Lautlos und absolut servertödlich nahmen die bis dahin ruhenden PC-Viren auf den Sticks ihre Arbeit auf. Zuerst wurde die Befehlsebene blockiert und dann unwiederbringlich zerstört. Überall zuckten plötzlich verschiedene Kontrollleuchten auf und erloschen kurz drauf wieder. Bildschirme flackerten auf und verfielen gleich in ein tiefes Schwarz. Wenn Peter es richtig bei der Instruktion verstanden hatte, würden die Viren und Trojaner ganze Arbeit leisten. Dank der Trojaner wurde es der NATO wie auch den Amerikanern möglich, unbemerkt Zugriff auf die Anlage zu erhalten. Fünf Minuten später trat wieder absolute Stille ein.

„Ob die etwas bemerkt haben, Peter?"

„Das werden wir sicher in Kürze erfahren. Wir müssen jetzt sehen, dass wir sofort von hier verschwinden. Komm, Nina, die Heimat ruft."

„Bis dahin liegt noch ein Stück harte Arbeit vor uns."

„In der Tat. Dann lass uns so schnell wie möglich das Weite suchen."

Peter zog die Sticks aus den Slots und steckte sie zurück in seinen Anzug. Nina bewegte sich bereits krabbelnd hinter den Raumteiler. Mit einmal flog die Sicherheitstüre auf und vier bewaffnete Soldaten stürmten herein. Nina und Peter hielten die Luft an. Es folgten mehrere Personen in weißen Kitteln, die sofort zum Pult der Kommandostation rannten. Wie es schien hatten die Bits und Bites, Viren und Trojaner bereits ihre Aufgaben aufgenommen und schon ganze Arbeit geleistet. Wie sich die Weißkittel auch mühten, die Anlage fuhr nicht mehr hoch. Die Bildschirme blieben schwarz.

12

„Eilmeldung. USS Virginia ruft Flottenleitstelle Admiral Steinway. Bitte melden!"

„Flottenleitstelle hört USS Virginia."

„Kapitän Brandon hier, muss dringend Admiral Steinway sprechen."

Im Äther wurde es still bis auf die typischen Geräusche bei Funkverkehr.

„Steinway, hallo Kapitän Brandon, was ist so dringend, dass Sie mich aus einer Besprechung holen?"

„Hallo, Admiral, wir kreuzen, na, Sie wissen ja wo. Völlig unerwartet tauchen hier plötzlich sechs russische Atom-U-Boote auf. Sie kreuzen im Überwassermodus und fahren völlig konfus hin und her. Was sollen wir unternehmen, Sir?"

„Das ist eine sehr gute Nachricht, Brandon. Sie haben völlig richtig reagiert. Bleiben Sie an den Booten dran und beobachten Sie weiter die Lage. Melden Sie mir, sobald sich Änderungen ergeben."

„Ey Ey, Sir."

Auch wenn Kapitän Brandon mit dem Lob wie auch dem folgenden Auftrag wenig anzufangen wusste, führte er seinen Befehl aus und beobachtete den Stolz der russischen U-Boot-Flotte.

Kein zwanzig Minuten später meldete sich Kapitän Brandon erneut bei Admiral Steinway.

„Hallo, Admiral, ich störe ungern, aber es gibt eine neue Lage, Sir."

„Hallo Brandon, Sie stören nicht. Berichten Sie."

„Es ist unglaublich, Sir. Die russischen U-Boote feuern scheinbar alle ihre Hyperschallraketen ab, die nur wenige Kilometer ohne zu explodieren ins Meer stürzen."

„Das ist doch wunderbar, Brandon. Bleiben Sie dran und halten Sie mich auf dem Laufenden."

Das brüllende Lachen des Admirals hörte der Kapitän der USS Virginia schon nicht mehr, weil der Admiral den Hörer bereits aufgelegt hatte. Steinway brauchte jetzt erst einmal ein Glas Wasser, um sich zu beruhigen, bevor er mit dieser brillanten Nachricht den amerikanischen Präsidenten kontaktierte.

„Hallo, Mister Präsident, Admiral Steinway hier."

„Admiral Steinway, schön von Ihnen zu hören. Was haben Sie auf dem Herzen?"

„Die Tommys haben es tatsächlich fertiggebracht, den Zentralserver der russischen U-Boot-Flotte mit Viren zu infizieren und damit unbrauchbar zu machen."

„Das sind in der Tat sehr gute Nachrichten, Steinway. Hat der Server jetzt Schnupfen?"

„Nun, wie meinen Sie das jetzt, Mister Präsident?"

„Also, Steinway, Sie sagten doch der Server sei von Viren befallen."

„Aber, Sir, das sind doch keine Viren im organischen Sinne."

„Weiß ich doch, Steinway, war ein Gag des Präsidenten, Admiral. Jetzt lachen Sie doch mal."

„Jawohl, Sir."

„Na sehen Sie, schon sieht die Welt wieder ganz anders und fröhlich aus. Wie fallen denn die Auswirkungen dieser digitalen Grippe aus, Steinway?"

„Sechs russische Atom-U-Boote sind aufgetaucht und haben alle ihre Hyperschall-Raketen planlos in den Himmel geschossen. Wenige Kilometer von den Booten entfernt stürzten die Raketen dann in den Atlantik."

„Das ist doch wunderbar, Steinway. Dann versenken Sie jetzt alle Atom-U-Boote der Russen."

„Das geht nicht, Mister Präsident. Das würde den nuklearen Counterstrike auslösen."

„Ach, dann beschmeissen wir die Russen mit allem, was wir haben und verschwinden

anschließend für ein paar Monate im Atomschutz-bunker. Danach gehört uns die Welt, Steinway."

„Nun, Sir, so einfach ist das leider alles nicht."

„Dann passen Sie gut auf, wohin die U-Bötchen der Russen jetzt fahren. Gute Arbeit, Steinway. Bis die Tage."

„Danke, Sir."

Nachdenklich legte sich der Admiral in seinem Bürosessel zurück. Mit großer Sorge dachte er darüber nach, dass Politiker nicht nach besonderen Fähigkeiten in ihre Ämter gehoben wurden, sondern durch einen starken, medienunterstützten Wahlkampf und natürlich jede Menge an Millionen Dollar. Nicht ungefährlich, wie er gerade wieder vernommen hatte, wenn man die Präsidenten dieser Welt einfach so wirken ließ, ohne sie zu kontrollieren.

Was folgte war große Diplomatie. Der amerikanische Präsident telefonierte mit dem Generalsekretär der NATO und mit dem Premierminister in London, dem er seine besondere Hochachtung nach dem Einsatz seiner operativen Agenten aussprach. Gestärkt durch dieses Lob klingelte wenig später beim Chef des MI6 Simon Sharp das Telefon.

„Eine tolle Leistung Ihrer Mitarbeiter, Mister Sharp. Sie haben unsere gesteckten Ziele und die Erwartungen mehr als erfüllt."

„Danke, Sir, hoffen wir nur, dass sie gesund und vor allem lebend zurückkehren."

„Da gehe ich doch ganz von aus. Weiter so, Mister Sharp. Im kommenden Jahr wird ein Ministeramt in *meinem Kabinett vakant. Ich bin auf der Suche nach einem fähigen Mann für diesen Posten. Das wäre ganz sicher etwas für Sie. Ich melde mich noch dazu, Mister Sharp. Rufen Sie sich mich an, sollte es Probleme geben."*

„Ja, Sir, mache ich."

Der Chef des MI6 kannte diese Sprüche der Politiker nur allzu genau. Wäre der Einsatz anders gelaufen, wäre er jetzt der Sündenbock und wahrscheinlich hätte man ihn sehr schnell in den Ruhestand versetzt. Schlimmstenfalls versetzte man ihn als Chef einer winzigen Polizeistation irgendwohin in den tiefsten Süden Englands. Simon Sharp dachte an Nina Brennan und Peter McCord in der Hoffnung, dass sie sich bald gesund und unbeschadet im Londoner Büro zurückmeldeten. Die Ungewissheit über den Verbleib seiner Agenten machte ihn unruhig.

Wie es schien gingen die Wachmannschaften im Kontrollbunker nicht davon aus, dass die Hacker gleich unter ihren Schreibtischen saßen, da sie weder mit Hundestaffeln noch sonstigem Suchgerät nach den Eindringlingen fahndeten. Auch das Verschwinden von Oberleutnant Brochnikova war offensichtlich noch nicht aufgefallen. Peter und Nina hatten sich tatsächlich ganz tief unter dem Mobiliar verkrochen. Fast eine Stunde lang verharrten sie so in ihrem Versteck, bis es wieder dunkel wurde im Kontrollraum. Offensichtlich kamen die Wissenschaftler ohne externe Hilfe aus Moskau nicht weiter. Als die Stille anfing, in ihren Ohren zu schmerzen, krochen sie unter dem Schreibtisch hervor. Nina und Peter waren nass geschwitzt. Ihre Thermoanzüge halfen ihnen hier nicht weiter. Peter entdeckte eine halb volle Flasche Wasser nach der er gleich griff. Er reichte sie Nina, die mehrere große Schlucke zu sich nahm, bevor sie die Flasche an ihn zurückgab.

„Lass uns jetzt abhauen. Hier gibt es nichts mehr für uns zu tun."

„Wir haben ja noch unsere Sprengladungen. Wollen wir nicht ein kleines Feuerwerk hinterlassen?"

„Erst müssen wir hier raus sein, Nina, bevor wir alles in Schutt und Asche legen. Vielleicht ergibt sich ja am Ausgang eine Gelegenheit, wichtige Teile der Anlage in die Luft zu jagen."

„Ok, du bist der Boss."

Nina wirkte ziemlich geschafft. Lautlos bewegten sie sich auf die Sicherheitstüre zu, die sich problemlos öffnen ließ. Es folgte der Tanz mit den Kameras. Zweimal rutschen sie nur haarscharf an einer Katastrophe vorbei, bis sie endlich das Treppenhaus erreichten.

„Komm, lass uns den Lift nehmen. Die Gefahr, dass uns um diese Uhrzeit hier jemand begegnet ist gering. Im Treppenhaus laufen wir eher Gefahr entdeckt zu werden."

Nina nickte und drückte auf den Knopf. Wenige Sekunden später öffnete sich die Lifttüre. Peter schaute erst einmal nach ob dort eine Kamera installiert war.

„Komm, die Luft ist rein, Nina."

Sofort folgte sie Peter in die Kabine. Er drückte auf Tiefgeschoss zehn.

„Warum zehn, Peter?"

„Weil ich glaube, dass wir zwei Geschosse über die Treppe in die Tiefe gelaufen sind, bevor wir ganz unten angekommen waren. Zehn müsste eigentlich die Etage sein, über die wir zum Ausgang in die Höhle gelangen. Ich weiß es auch nicht mehr. Nachdem wir in den Nachbarbereich eingedrungen sind, fehlt mir ein wenig die Orientierung. Wir müssen es einfach versuchen."

Plötzlich hielt die Aufzugkabine in der siebten Etage an. Peter zog sofort seine Pistole aus dem Halfter und zielte auf die Türe. Schleppend fuhr sie auf. Auch Nina hielt bereits ihre Waffe in der Hand. Dunkelheit schlug ihnen entgegen. Kein Laut drang an ihre Ohren. Peter drückte immer wieder auf Taste 10 bis endlich die Türe langsam zufuhr. Die weitere Fahrt mit dem Lift endete auf der Ebene zehn ohne erneute Zwischenstopps. Sofort verließen sie die Kabine. In den meisten Sicherheitsbereichen dieser Welt wurden jedwede Aufzugbewegungen an den Sicherheitsdienst übermittelt. Ob dies hier unten auch so eingestellt war, wussten sie nicht. Schnell verschwanden Nina und Peter im Gewirr der vielen Gänge, die lediglich diffus beleuchtet waren.

13

Simon Sharp rutschte unruhig auf seinem Sessel hin und her. Er hatte alle Hebel in Bewegung gesetzt, um ein Lebenszeichen seiner beiden Agenten zu erhalten. Doch weder der Horchposten der Amerikaner auf Hokkaido noch die ständig in der Gegend abgetaucht patrouillierenden U-Boote der Amerikaner hatten Kontakt zu Nina und Peter. Dass ihr Einsatz geglückt schien, hatte er ja bereits vom Premierminister erfahren. Doch was war mit seinen beiden Agenten passiert? Sharp gab einen verschlüsselten Code in seinen PC ein. Schon tauchten 22 Namen russischer Agenten auf, die man gegebenenfalls gegen Nina und Peter austauschen konnte, falls man sie gefasst hatte und sie freikaufen musste. Doch befand sich darunter kein einziger Agent aus der ersten russischen Garde. Verhandlungen zum Austausch der beiden gegen in London inhaftierte russische Spione würden mit Sicherheit sehr schwierig verlaufen und voraussichtlich nicht zu einem positiven Ergebnis führen. Sharp schlug mit der Faust auf den Tisch. Nichts hasste er mehr als handlungsunfähig zu sein und zusehen zu müssen, wie andere die Situation und die Fäden in Händen hielten. Doch er hatte keine andere Wahl, als die Hände in den Schoß zu legen und untätig auf hoffentlich positive Nachrichten zu warten.

Nina war sofort richtig weit vorgeprescht. Sie wollte nur noch weg hier. Peter bückt sich nach seiner Taschenlampe, die ihm aus der Hand gerollt war. Plötzlich und völlig unerwartet öffnete sich am Ende des Ganges eine Türe. Vier Soldaten sprangen heraus und griffen sich Nina. Peter legte sich gleich flach auf den Boden. Nina wollte noch ihre Waffe ziehen, doch die Soldaten nahmen sie umgehend in Gewahrsam und führten sie ab. Mit einem lauten Knall flog die Türe ins Schloss. Sofort wurde es wieder totenstill. Peter schaute sich um. Doch Nina war verschwunden. Er bewegte sich an der Wand entlang der Türe entgegen, hinter die man Nina verschleppt hatte. Peter hoffte nur, in keine Kamerafalle zu tappen. Erstaunt stellte er fest, dass die Türe nicht verschlossen war. Auch der folgende Gang lag dunkel vor ihm. Eisige Kälte schlug Peter entgegen. Sollte etwa der Ausgang der Bunkeranlage in der Nähe liegen? Er leuchtete die Decke ab, ob er irgendwo eine Kamera ausmachen konnte. Doch auch in diesem Gang konnte Peter keine Kameraaugen ausmachen. Wie es schien diente dieser Abschnitt des Bunkers der Wachmannschaft, die den Zugang sicherte. Seine Länge schätzte Peter auf gut und gern hundert Meter. Etwa alle zehn Meter ging vom Gang rechts wie links jeweils eine Türe ab, die offensichtlich zu den Stuben der Wachleute führte. Aus dem dritten Raum auf der linken Seite fiel Licht unter dem Türblatt hindurch und bildete eine kleine Lichtpfütze vor dem Zugang in die Stube. Würde er Nina in diesem Raum finden? Peter hoffte darauf, dass sie noch lebte. Er strapazierte sein Hirn. Wie sollte er vorgehen? Wenn er Ninas Gefangennahme richtig beobachtet hatte, waren es vier mit Sicherheit gut ausgebildete Soldaten, die sie verschleppt hatten. Langsam kroch die eisige Kälte in seinem Anzug hoch. Plötzlich vernahm er Schreie. Die Stimme kannte er gut. Ninas Rufe drangen durch die Ritze unter der Türe hindurch. Peter wusste, dass er jetzt dringend handeln musste und dass es Tote geben würde.

81

Er zog die Glock aus dem Holster und lud sie durch. Jetzt standen ihm fünfzehn Projektile zu Verfügung, mit denen er die vier Soldaten in die ewigen Jagdgründe befördern musste. Peter hasste diese Momente in seinem Job. Genauso wie sinnloses Töten. Doch er würde Nina wohl kaum, ohne dass er die Russen ausschaltete, wieder frei bekommen. Er hörte sie jetzt durch die Türe schreien. Die Männer lachten nur und schienen sie zu foltern. Peter legte sein Ohr an das Türblatt.

„Jetzt ficken wir die Kleine erst einmal alle nacheinander durch bevor, wir die Gefangennahme dem Chef melden.“

Peters Russischkenntnisse waren arg begrenzt. Doch was dort drinnen ablief, hatte er gleich verstanden. Auf einmal ging dann alles ganz schnell. Peter öffnete die Türe, indem er mit dem Fuß den Griff herunterdrückte und die Türe aufstieß. Das Überraschungsmoment war jetzt auf seiner Seite. Ohne zu zögern ließ er die 9mm Glock mit den Stahlmantelgeschossen losbellen. Zwei der noch jungen Soldaten fielen sofort getroffen zu Boden. Einer der Jungs, der sich hinter Nina in Position gebracht hatte, die nackt auf einen Tisch gefesselt vor ihm hockte, starb an Peters drittem Projektil. Der vierte Junge hob seine Hände als Zeichen dafür, dass er sich ergab. Peter gab ihm zu verstehen, dass er Nina losmachen sollte, was er ohne zu zögern tat. Peter sammelte derweil die Waffen der Soldaten ein. Nina sprang sofort vom Tisch und ohrfeigte den jungen Soldaten, der in Tränen ausbrach. Blitzschnell zog sie sich an, während Peter dem Jungen die Hände und Füße fesselte und ihn mit seinen Handschellen an der Heizung fixierte. Bevor sie den Raum verließen, stopfte Nina dem Soldaten in gewohnter Weise einen Socken als Knebel in den Mund. Diese Maßnahme sagte ihm ganz sicher mehr zu als getötet in seinem eigenen Blut zu liegen. Auf dem Gang schlug ihnen gleich wieder die Eiseskälte entgegen.

„Hinter dieser Türe geht es wohl nach draußen. Wollen wir es hier einfach versuchen?"
„Ja, Peter, ich will hier nur noch weg."
„Ok, ich übrigens auch."
Nina öffnete die besonders gesicherte Türe in der gleichen Weise, wie sie auch die übrigen Sicherheitsschleusen überwunden hatten. Mit einmal schwang die Panzertüre auf. Scheinwerfer flammten auf und erleuchteten eine gewaltige große Röhre durch die ganz sicher auch Schwerlasttransporter fahren konnten. In zwei Seitengängen parkten zwei russische Superpanzer der neuesten Generation.

„Wow, das sind Armata T 14 Panzer. Das Feinste, was Putin zurzeit auf Ketten zu bieten hat."
„Kannst du so ein Ungetüm fahren, Nina?"
„Ehrlich gesagt nicht. Wir sollten aber versuchen, hier so schnell als möglich zu verschwinden. Wenn auffällt, dass die Wachmannschaft ausgeschaltet wurde, ist hier die Hölle los. Der Feuerkraft der beiden Armata Panzerkanonen können wir nicht entkommen."
„Ok, wir haben aber noch unsere Sprengladungen. Wenn wir die C4-Ladungen hier an die Pfeiler

83

hängen und zünden, kommt hier niemand mehr heil
heraus. Wir geben zwei Stunden Vorlaufzeit ein.
Wenn nötig haben wir noch die Option der
Fernzündung."
„Ja, lass uns keine Zeit verlieren."

Nina war nicht umsonst die Beste ihres Semesters
gewesen. Sie fand sofort die passenden Stellen, wo
die Sprengladungen den meisten Schaden
anrichten würden. Peter erkundete derweil die
örtlichen Verhältnisse und fand vier nagelneue E-
Schlitten, deren Akkus voll aufgeladen waren.
„Sieh dir das an, Nina. Damit müssten wir hier weg-
und rauskommen. Leider lässt sich nicht
abschätzen, wie lang der Tunnel ist, bis wir endlich
draußen sind."
„Da vorn ist eine Kamera, Peter. Sie hat uns auf
dem Schirm. Hier wird gleich die Hölle losbrechen."
Peter zögerte nicht lange. Er nahm die Kalaschnikow von der Schulter, die er einem der Soldaten
abgenommen hatte und zerstörte zwei der Scooter,
indem er in die E-Motoren schoss. Nina sprang
bereits auf einen der auserkorenen Fluchtschlitten.
Rasch machte sie sich mit der Technik vertraut, bis
auch Peter auf den zweiten Scooter aufgesessen
war. Sofort gaben sie Vollgas. Die Schlitten
machten ordentlich Speed.
Plötzlich vernahmen sie ein frenetisches Grollen im
Hintergrund, dass schallverstärkt ganz sicher auch
der Bauform der Röhre geschuldet war. Trotz der
erheblichen Minustemperaturen schwitzen sie
heftig. Die Panzerbesatzungen waren in ihre Fahrzeuge eingestiegen und hatten die schweren Zwölf-

zylindermotoren angeworfen. Jetzt war es nur noch eine Frage der Zeit, bis die 125mm Kanonen der Kampfwagen ihre Geschosse abfeuerten und hinter ihnen herjagten. Die hochpräzisen Granaten würden ihre Schlitten in die Umlaufbahn befördern. Nina schaute sich um und sah, dass die beiden Panzer ihre Parkbuchten verlassen hatten und nebeneinander in Stellung fuhren. Sekunden später erfolgte eine gewaltige Explosion.

Nina und Peter schnappten nach Luft. Ihren Lungen fehlte es plötzlich an Sauerstoff ganz sicher die Nachwirkungen der Explosion. Der gesamte Tunnel in Höhe der Ausfahrt brach in sich zusammen und begrub die beiden Panzer unter einer riesigen Menge an Stahlbeton und Eis. Peter hatte die Fernzündung betätigt. Jetzt hieß es Vollgas fahren, damit sie die Feuerwelle der Explosion, die sich rasend schnell ausbreitete, nicht einholte. Was Peter und Nina nicht bedacht hatten war, dass der Tunnel irgendwo ein Ende fand. Immer noch fuhren die Schlitten am Limit, bis Nina plötzlich das gewaltige Tor erblickte, vor dem zwei Jeeps quer standen und mehrere bewaffnete Soldaten, die jetzt ihre Waffen hoben und zu schießen begannen. Peter raste an Nina vorbei und richtete den Lauf seiner Kalaschnikov nach vorn. Dann drückte er ab. Das Rattern der automatischen Waffe schmerzte in den Ohren und ließ seinen Scooter schlingern. Sofort stürzten zwei der Soldaten getroffen zu Boden. Während Peter nach einem neuen Magazin in seine Tasche griff, feuerte Nina was das Zeug hielt. Peter fluchte. Sein vorletztes Magazin war ihm aus der Hand gerutscht. Doch eines besaß er noch.

Er stellte seinen Schlitten quer und suchte dahinter Deckung. Mit gezieltem Einzelfeuer dezimierte er die Zahl der Torwächter auf ein Minimum. Nina erledigte den Rest. Jetzt mussten sie dringend handeln. Sonst endete hier ihre Flucht. Peter lenkte den Schlitten zu einem kleinen Steuerpult. Dank seiner Russischkenntnisse fand er den Schalter für „Auf". Quietschend und knarrend hob sich das gewaltige Eisentor. Plötzlich waren sie frei. Mit allem was an Speed aus den E-Motoren der Schlitten herauszuholen war, rasten sie ins kalte Nichts.

14

Peter schaute auf seine Armbanduhr. Der Temperaturmodus zeigte minus 32° Celsius an. Für diese Tages- und Jahreszeit in dieser unwirtlichen Gegend beinahe Frühlingswerte. Ninas Schlitten begann bereits zu ruckeln. Ein deutliches Zeichen dafür, dass ihr Energievorrat im Akku zur Neige ging. Wenig später blieb ihr Schlitten unvermittelt stehen. Peter hielt an und ließ Nina aufsteigen.

„Mist, dass der Akku schon leer ist."
„Bist also doch zu schwer, Nina."
Ein heftiger Boxhieb gegen Peters rechten Oberarm war ihre Antwort auf diese freche Bemerkung.
„Lass uns den Schlitten dort den Hang hinunterschieben, damit er nicht gleich auffällt, Peter."

Mit dem letzten Kilowatt Strom und vereinten Kräften ließen sie den Scooter in einer Schneewehe verschwinden. Sofort sprangen sie wieder auf den ihnen noch verbliebenen Schlitten und fuhren davon, der gleißenden, eiskalten Mittagssonne entgegen. Als auch Peters Gefährt seine Energiereserven aufgebraucht hatte, schoben sie den Scooter in einen heruntergekommenen Schuppen neben der Straße. Das Flappen von Hubschrauberrotoren in der Ferne wurde vernehmbar. Schnell verbargen sie sich im Schuppen in der Hoffnung, dass der Helikopter nicht mit einer wärmesuchenden Kamera ausgerüstet war.

„Das war jetzt verdammt knapp. Wenn die Mannschaft Hubschraubers uns hier erwischt, machen die mit ihren Bordkanonen Hackfleisch aus uns."

Die beiden Agenten schienen Glück zu haben. Der schwere SIL Kampfhubschrauber drehte ab und flog zurück. Dafür kreisen wenig später zwei kleine Kameradrohnen über ihren Köpfen. Sie beschlossen, sich in ihrem Versteck ganz still zu verhalten. Nina und Peter hatten Hunger und vor allem Durst. Doch der Schuppen bot ihnen weder Konserven noch den Zugang zu Trinkwasser.

Das Summen der Elektromotoren der beiden Drohnen raubte Peter den letzten Nerv. Er hätte beide Fluggeräte ohne Probleme mit seiner Glock vom Himmel geschossen. Doch damit hätten sie ihren Standort verraten. Nina verteilte die letzten zehn Hartkekse und reichte Peter den Becher aus ihrem Rucksack, in dem sie Schnee auf dem heißen E-Motor des Schlittens aufgetaut hatte. Endlich verzogen sich die beiden Drohnen. Tödliche Stille lag über den beiden Agenten. Die Sonne, die ohnehin keine wärmende Wirkung aufwies, wanderte bereits dem Horizont entgegen, wo sie in wenigen Stunden ihren Platz mit dem Mond tauschen würde. Das Thermometer war schon wieder auf -38° Celsius gefallen. Die klare Luft ließ nur erahnen, wie kalt es in der Nacht wohl werden würde. Nina und Peter kuschelten sich eng aneinander. Doch wirklich warm wurde ihnen nicht ohne eine Decke.

„Wir müssen hier weg, Peter."

„Was bin ich doch froh, eine so intelligente und gut ausgebildete Agentin an meiner Seite zu wissen. Und wie, wenn ich dich mal fragen darf? Wir haben keine Lebensmittel und auch kein Wasser. Die Akkus des Scooters stehen bei null. Es gibt hier keine Straße und keinen Weg. Wenn wir laufen, müssen wir uns ständig Deckung suchen, damit uns die Drohnen nicht finden. Was also schlägst du vor, Nina?"

„Halt doch einfach den Daumen hoch und ruf dir ein Taxi. Dann lässt du dich zu einer Pizzeria fahren und schlägst dir den Bauch voll. Du bist so verdammt aggressiv und destruktiv. Wir müssen schauen, dass wir die Dämmerung nutzen und weiterziehen. Auch wenn unsere Winterklamotten nicht das Gelbe vom Ei sind, werden wir nicht gleich erfrieren. Nach meiner GPS-Peilung liegen gute fünfhundert Kilometer bis zur Küste des Ochotskischen Meeres vor uns. Nur dort können wir von einem amerikanischen U-Boot aufgenommen

werde, dass uns nach Hokkaido bringt. Tolle Aussichten, wir müssen halt den Gegebenheiten ins Auge sehen. Du gehörst zur Liga der TOP-Agenten. Lass dir mal etwas einfallen. Ich kann nur lernen."

Peter wurde nachdenklich. Natürlich hatte Nina recht. Es gab nur die Wahl zwischen langsam erfrieren oder sich zurück ins Leben zu kämpfen. Plötzlich erwachte wieder der Schotte in Peter.
„Dann lass uns mal aufbrechen. Vielleicht finden wir ja doch noch eine Mitfahrgelegenheit."
„Siehst du Peter, geht doch."

Ohne Hast nahmen sie ihre arg geschrumpften Rucksäcke auf und marschierten los. Nina hatte mit ihrem GPS Gerät die Wegstrecke vorgegeben. Sie mieden soweit es ging die Hauptstraßen.
Als es langsam dunkel wurde erreichten sie ein Dorf mit etwa dreißig Häusern. Ein Gasthaus gab es nicht. Die Häuschen waren klein und zumeist aus Lehm und Ziegeln gebaut. Die Dächer waren mit Stroh gedeckt. Der Hunger und die heftige Müdigkeit ließen sie an einer der Hüttentüren klopfen. Eine Frau mittleren Alters öffnete und lächelte sie an. Peter raffte all seine Russischkenntnisse zusammen und erzählte, sie wären Backpackers und auf der Suche nach einer Bleibe für die Nacht. Sie könnten auch dafür zahlen, fügte Peter noch an. Die Frau besah sich ihre Gäste und winkte sie herein. Nina hatte sehr schnell das Vertrauen ihrer Wirtsfrau gewonnen. Mit Händen und Füßen verlief ihre Unterhaltung und wie es schien verstand man

sich. Peter legte zehn einzelne Dollarscheine auf den Tisch. Die Frau lächelte nur und steckte die Dollars wortlos ein.

Im ganzen Haus war es angenehm warm, wenn auch ein Geruch von Stallmist, der wohl als Brennmaterial diente, für ihre Nasen eher gewöhnungsbedürftig war. Die Frau zeigte ihnen eine winzige Kammer mit einem Bett, das ihnen als Nachtlager dienen sollte. Lächelnd bedankten sich Nina und Peter bei der Frau, die sie sogleich alleine ließ. Rasch versteckten die beiden Agenten ihre Waffen und stiegen aus den warmen Anzügen. Wenig später klopfte die Frau an ihrer Türe und gab zu verstehen, dass es Zeit war zum Abendessen. Das ließen sich Nina und Peter nicht zweimal sagen und folgten der Frau in ihre Wohnküche.

Jeder erhielt einen Teller und einen Löffel aus Holz. Die Frau wuchtete einen großen Topf vom offenen Herd und stellte diesen mitten auf den Tisch. Ein schmackhafter Geruch nach Gemüse und Fleisch breitete sich in der Küche aus. Kinder schien sie keine zu haben.

Doch Peter hatte im Flur auch männliche Garderobe entdeckt. Stellte sich ihm nun die Frage: Wo steckte der Ehemann und was machte er beruflich? Aber zunächst war ihm egal, womit ihr Mann sein Geld verdiente. Peter musste erst einmal etwas essen. Der Gemüseeintopf mit Hammelfleisch schmeckte hervorragend und sättigte ordentlich. Nach zwei Tellern gaben Nina und Peter auf. Die Frau lachte, als sie ihre beiden Gäste anschaute, die sich nun müde auf den einfach behauenen Holzstühlen zurücklegten. Plötzlich vernahm Peter ein Geräusch in der Diele. Auch Nina horchte sofort auf.

Obwohl sie beide ihre Pistolen im Rucksack versteckt hatten, fühlten sie sich keinesfalls unsicher. Als der Ehemann von Swetlana die Wohnküche betrat, schaute er alle lächelnd an und grüßte freundlich. Sicher lag dies daran, dass hier selten Besucher vorbeischauten. Der Mann sprach ein wenig Englisch. Er arbeitete für die Bohrfirma als Schlossermeister und kümmerte sich um die Schlauchverbindungen. Rasch kam ein fröhliches Gespräch zustande. Igor, so hieß der Herr des Hauses, war ein wahrer Russenhasser. Nina und Peter erfuhren, dass ihnen die Russen, weil sie aus der Ukraine stammten, alle wertvollen Besitztümer abgenommen hatten. Igor fuhr teilweise Doppel-schichten, um so schnell wie möglich genug Geld zusammen zu sparen, damit sie wieder in die Ukraine zurück siedeln und dort gut leben konnten. Swetlana war Lehrerin, Igor Schlossermeister. Mit den Jobs und dem Ersparten ließ sich auch in der Ukraine gut leben. Zu vorgerückter Stunde holte Igor ein Fläschchen Wodka auf ihrem natürlichen Eisfach vor der Türe. Nachdem sie zwei gut gefüllte Wassergläschen Wodka zu sich genommen hatten, trat die Bettschwere ein. Gegen acht Uhr in der Früh weckte Swetlana alle zum Frühstück auf. Igor hatte heute frei und so konnten die beiden Ukrainer auch einmal ein wenig die Ruhe genießen. Doch beim Frühstück fragte Peter bei Igor nach, ob er eine Möglichkeit hatte, sie zum Strand des

Ochotskischen Meeres zu bringen. Igor kniff die Augen zusammen und grinste.

„Ihr seid vor den Russen auf der Flucht, nicht wahr? Habt ihr etwa den Kommandobunker in Schutt und Asche gelegt?"

Peter schaute Igor nur an.

„Ich verstehe. Du darfst nicht darüber reden und jetzt müsst ihr hier weg. Jetzt verstehe ich auch, warum bei uns auf dem Gelände russische Patrouillen herumgefahren sind und überall Suchdrohnen herumfliegen. Bleibt noch zwei oder drei Tage hier. Ich werde mich in der Zeit umhören, ob wir einen Transport nach Magadan zum Hafen dort planen. Bis dahin seid ihr hier sicher."

„Das wäre toll, Igor. Ich habe hier noch fünfhundert Dollar, die ich dir geben kann."

„Nein, die brauchst du mir aber nicht zu geben."

„Doch, nimm sie. Es könnte ja sein, dass du dem einen oder anderen etwas davon abgeben musst."

Igor nickte kurz. Er zog sich seinen schweren Fellmantel an und stieg in den SUV der Bohrgesellschaft, mit dem er zur Baustelle fuhr.

15

Nina und Peter schauten in einen alten Atlas, den Swetlana ihnen gegeben hatte. Nach vorsichtigen Berechnungen lagen knapp sechshundert Kilometer bis Magadan vor ihnen. Eine verdammt lange Strecke, auf der eine Menge passieren konnte. Swetlana deutete mit Händen und Füßen an, dass sie fischen gehen wollte. Zwar schien draußen eine knallgelb gleißende Sonne aus einem stahlblauen Himmel, doch es war bitterkalt. Das Thermometer zeigte minus 29° Celsius an. Nina und Peter boten sich trotzdem sofort an, sie zu begleiten. Neben der Überwindung der Langeweile wollten sie auch einmal die Lage in der Umgebung peilen. Swetlana nahm ihr Angebot gerne an. Damit ihre Gäste nicht auffielen, erhielten beide schwere Fellmäntel, die in der Tat weit besser wärmten als ihre alten Thermoanzüge. Sie beluden den Schlitten, spannten sechs Hunde davor und ab ging es Richtung des großen Sees, der jedoch komplett zugefroren war. Zu dritt sorgten sie mit einem martialischen Spiralbohrer für ein entsprechendes Loch in der Eisfläche, das groß genug war, um mehrere Angelschnüre darin zu versenken, um später den Fang an Land zu ziehen. Swetlana hatte heißen, gut gesüßten, starken schwarzen Tee in einer Thermoskanne mitgebracht sowie kräftigen Rentierschinken und selbstgebackenes Brot. Sie mussten ihre Lebensmittel sehr schnell aufessen. Bereits nach wenigen Minuten fror der Schinken auf dem Brot fest. Jeder kräftige Biss wurde damit zum Risiko für die Zähne. Peter entzündete ein kleines Feuer in einem Gusseimer, das für etwas Wärme sorgte, um sich wenigstens einmal die Hände aufzutauen. Doch ihre Zeltlager-Idylle wurde jäh beendet, als sie in der Ferne einen russischen Panzerspähwagen bemerkten, der unaufhaltsam auf sie zu raste. Peter erkannte sofort, dass sie mit ihren 9mm Glock keine Chance gegen das gepanzerte Fahrzeug und dessen Besatzung besaßen. Nina und Peter blieben ganz ruhig auf dem Schlitten sitzen. Das Halbkettenfahrzeug kam direkt neben dem Schlitten zum Stehen. Das Luk öffnete sich und ein Offizier sowie zwei Soldaten, bewaffnet mit fabrikneuen Kalaschnikows, verließen den Fahrzeuginnenraum. Sofort schlug ihnen die beißende Kälte ins Gesicht. Während der Oberleutnant das Fahrzeug verließ, sicherten die beiden Soldaten sein Vorhaben. Er ging auf Swetlana zu und schrie sie an.

„Personenkontrolle. Zeigen Sie Ihre Ausweise!"
Swetlana zog ganz langsam ihren Pass aus einer Innentasche ihres Mantels heraus und hielt ihn dem Offizier unter die Nase.

„Was liegt an, Herr Oberleutnant? Warum machen Sie diese Kontrolle mitten auf dem Eis?"

„Wir sind auf der Suche nach zwei Terroristen, die erheblichen Schaden an unserem Bunker ange-richtet haben. Was ist mit euch beiden?"
Der Blick des jungen Offiziers traf auf Nina und Peter. Weil sie jedoch auf die Befehle nicht reagierten, richtete er seine Kalaschnikow auf Peter.

„He, Blödmann, zeig mir deinen Ausweis. Sonst nehmen wir dich fest. Was ist mit deiner Partnerin?"

„Die beiden verstehen dich nicht, Herr Oberleutnant. Die beiden sind Bohrspezialisten und stammen aus Norwegen. Es sind Kollegen meines Mannes aus der Firma."
Der russische Offizier dachte kurz darüber nach und wägte ab, ob er Nina und Peter festnehmen sollte. War es den Aufwand wert? Er würde einen Bericht schreiben müssen, was ganz sicher wieder zu Überstunden führte. Stellte sich allerdings heraus, dass der Mann und die Frau die gesuchten

Terroristen waren, wurde er mit einmal zum Helden Russlands.

„Passport, dawei, dawei", schrie der Oberleutnant nun Peter an, der jedoch keine Miene verzog. Peters rechte Hand wanderte unbemerkt unter dem Mantel zum Griffstück der Glock. Bevor der Soldat seine Kalaschnikow abfeuern konnte, würde er tot sein und auch vom Explosionsknall nichts mehr mitbekommen.

„Ich werde mich bei Oberst Radikov beschweren, wie hier seine Gäste behandelt werden." Peter sprach statt norwegisch gälisch, weil er kein Wort norwegisch beherrschte, was der Russe ganz sicher ebenfalls nicht verstand. Doch den Namen Radikov hatte er herausgehört und mit dem Chef der Bunkeranlage wollte er es sich keinesfalls verderben.

„Ich mache eine Ausnahme, wenn ihr Gäste von Oberst Radikov seid. Angenehmen Tag noch und Petri Heil."

Der Oberleutnant bestieg missgelaunt seinen Panzerspähwagen. Als er das Zeichen zum Abrücken gab, ließ der Fahrer den schweren Diesel aufheulen, bevor er zurück von der Eisfläche auf die Straße fuhr.

„Gut gemacht 007. Ein Glück, dass du so ein gutes Gedächtnis hast und dir der Name von Oberst Radikov eingefallen ist. Mit dem Chef der Bunkeranlage wollte sich der Oberleutnant ganz bestimmt nicht anlegen. Stell dir nur vor, er hätte uns verhaftet und uns gleichzeitig noch als die

gesuchten Terroristen enttarnt. Sie hätten ihn in Putins Leibgarde aufgenommen und zum Hauptmann befördert."

„Manchmal muss man eben auch Glück haben. Das ist doch mit den Tüchtigen. Ist so ein Spruch."

„Genial waren auch deine norwegischen Sprach-kenntnisse, die selbst ein alter norwegischer Fischer nicht verstanden hätte."

„Das war gälisch, Nina."

„Ich weiß. Die Idee fand ich einfach genial. Ich habe dich verstanden, alter Schotte."

„Ich sag ja, Glück gehabt. Aber eines steht auch fest. Wir müssen hier dringend verschwinden. Ein weiteres Mal täuschen wir den Oberleutnant nicht."

„Das sehe ich auch so, Chef. Vielleicht können wir uns bei der Bohrfirma zwei Scooter nebst Sprit und Verpflegung ausleihen?"

„Du meinst sicher, wir sprechen heute Abend mit Igor. So wie ich das sehe, müssen wir hier morgen verschwunden sein. Die russische Armee ist ja nicht blöd."

Das Zappeln von zwei der Angelleinen unterbrach jäh ihr Gespräch. Nina war sofort aufgesprungen und winkte Swetlana zu sich. Sorgsam holte sie die beiden Leinen ein. Zwei kräftige Fische zappelten an den Haken. Swetlana tötete die Fische und nahm sie sofort aus. Die Innereien warf sie zurück ins Wasser. Die beiden Fische waren im Nu gefroren. Die junge Ukrainerin bestückte die Haken erneut mit Ködern und warf sie wieder in das Wasserloch, das sie ständig vom Eis befreien mussten. Als sie am Nachmittag zurückfuhren, war der Korb ordentlich mit verschiedenen Fischsorten gefüllt. Entsprechend üppig fiel das zubereitete Abendessen aus.

16

Während sich Nina und Swetlana mit dem Abspülen des Geschirrs befassten, holte Igor eine Flasche Wodka vom Besten aus seinem natürlichen Kühlschrank im Freien und schenkte Peter und sich ordentlich ein. Die beiden kleinen Wassergläser waren zu dreiviertel gefüllt. Nach dem zweiten Gläschen Edel-Wodka freute sich Peter, dass er einer alten schottischen Whiskey-dynastie entstammte, deren Familienmitglieder so manches Gläschen Hochprozentiges vertrugen.

„Sag mal, Igor, Nina und ich wollen uns bei euch zwei Schneescooter mit entsprechendem Sprit-vorrat ausborgen. Was denkst du, kommen wir da ran?"

„Wenn sie euch erwischen, übergeben sie euch den Russen."

„Das wäre nicht gut, Igor."

„Das glaube ich dir gern, Peter. Ich habe eine bessere Idee."

„Und die wäre?"

„Nicht weit von hier betreiben die Russen ein Zentralersatzteillager für die Kaserne und den Bunker. Dort sollten wir Scooter und Sprit für euch in Hülle und Fülle auftreiben. Die Wachen sind fast permanent betrunken und wenig aufmerksam, weil hier in dieser Gegend eigentlich niemals jemand vorbeikommt, der sich aus dem Lager bedienen möchte. Aber wollt ihr wirklich mit zwei Scootern die

Strecke bis zum Meer fahren? Ihr wisst doch, wie kalt es hier ist."

„Wir kennen das Risiko, Igor. Aber wir müssen hier weg. Heute hatten wir bereits Besuch von einem russischen Trupp. Sie suchen natürlich nach uns."

„OK, ist ja euer Risiko. Ab Morgen habe ich Frühschicht. Die startet um sechs Uhr. Wir fahren hier gegen vier Uhr los. Ich bringe euch in die Nähe des Depots und lasse euch da raus. Von da an seid ihr auf euch selbst gestellt."

„Das ist wirklich sehr lieb von dir. Danke."

„Hier sind deine fünfhundert Dollar zurück, Peter. Ich konnte sie nicht für dich verwenden."

„Das kommt überhaupt nicht in Frage. Leg sie für euren Umzug in die Ukraine zurück. Je mehr Geld ihr sparen könnt, desto schneller könnt ihr hier weg."

Igor traten aus Freude Tränen in die Augen.

„Ich habe langen keinen Fremden mehr getroffen, der es gut mit uns meinte. Werden wir uns wiedersehen, Peter?"

„Ihr habt uns Obdach gewährt und gut versorgt. Warum also sollten wir uns nicht gegenseitig helfen. Aber ich glaube nicht, dass wir uns je wiedersehen werden. Auch wenn die Welt klein ist. Nina und ich sind ständig entweder alleine oder zu zweit unterwegs und immer da, wo es brennt und Krisen das Gleichgewicht erschüttern. Wir behalten euch in unseren Herzen, denn auch wir treffen zumeist auf Menschen, die uns schlichtweg aus dem Weg räumen möchten."

Gemeinsam tranken sie noch das ein oder andere Gläschen, bis sie ziemlich angetrunken in ihre Betten fielen.

Der Tag begann sehr früh und mit sprudelnden, bitter schmeckenden Kopfschmerztabletten zum ersten Frühstück. Swetlana hatte ihnen noch die dicken Mäntel eingepackt, die weit besser gegen die brutale Kälte schützten als ihre Thermotarnkleidung. Doch am Tag, wenn sie mit den Schlitten unterwegs sein werden, diente ihnen die weiße Kleidung besser als Sichtschutz. Ihre Rucksäcke waren prall gefüllt mit Brot, Schinken, Butter und ausgedienten russischen Feldflaschen gefüllt mit heißem Tee.

„Wollt ihr ein Jagdgewehr von mir mitnehmen, damit ihr euch etwas zu essen schießen könnt?"

„Nein, lass mal gut sein, Igor, wir möchten keinen unnötigen Lärm machen. Aber trotzdem lieben Dank."

Es folgte eine kurze, jedoch sehr liebevolle Verabschiedung, bevor Nina und Peter zu Igor in den SUV stiegen.

Es hatte in der Nacht wieder geschneit. Streu- und Räumdienste waren in dieser Einöde gänzlich unbekannt. Igor jedoch war ein sehr guter Fahrer, der nicht nur sein Fahrzeug im Schlaf beherrschte, sondern auch gleich die verschneite Straße fand. Nach gut einer Stunde Fahrt war in der Ferne Scheinwerferlicht auszumachen. Igor lenkte den Toyota Geländewagen einem kleinen Waldstück entgegen. Von hier aus konnten sie das einge-

zäunte Areal der russischen Streitkräfte aus-
machen. Es besaß die Größe von mehreren
Fußballfeldern. Ein hoher Elektrozaun sicherte das
Gelände rundum gegen Eindringlinge. Es folgte
erneut ein kurzer, wenn auch äußerst liebevoller
Abschied, bevor sich Igor wieder in seinen warmen
SUV setzte und losfuhr. Eine in den Ohren
schmerzende Stille umgab plötzlich Nina und Peter.
Das diffuse Licht der Depotbeleuchtung sorgte für
ein wenig Orientierung. Das Licht der schweren
Scheinwerfer spiegelte sich glitzernd in den
Schneekristallen. Vorsichtig bewegten sich Nina
und Peter dem Zaun entgegen. Auch wenn kein
Mensch zu sehen war, hieß das nicht, dass die
Anlage verwaist war. Plötzlich hörten die beiden
Agenten das Heulen mehrerer Wölfe. Wenn sie
jetzt einem Wolfsrudel in die Fänge liefen, brauchte
sich die Mannschaft im Materialdepot nicht mehr
mit ihnen abzuquälen. Die Wölfe würden ganz
sicher nicht mehr viel von ihnen übriglassen. Das
Geheul kam näher. Fast bis zu den Hüften steckten
sie im Schnee. Langsam kletterte die Kälte von den
Füßen ausgehend hoch, obwohl sie warm angezogen waren. Nina suchte mit ihrem Feldstecher
die Umgebung ab. Während sich das Wolfsrudel
dem Geheul folgend weiter näherte, erkundete Nina
eine Möglichkeit, ungesehen in die Anlage zu
gelangen.

„Kannst du etwas erkennen, Nina?"

*„Ja, rechts, etwa dreihundert Meter entfernt, liegt
die Zufahrt in die Anlage. Das Tor ist fest
verschlossen und gesichert. In der Pförtner-
wachstube befinden sich drei Soldaten, die*

anscheinend Karten spielen und statt Kaffee Wodka zu sich nehmen."

„Das kommt uns sehr entgegen. Leider wissen wir nicht, wie viele Soldaten hier stationiert sind."

„Ich denke, sie werden hier einen Sicherungszug, also etwa fünfundzwanzig bis dreißig Soldaten stationiert haben. Dort rechts reichen die Bäume bis an den Zaun heran. Da steigen wir ein. Die Kameras sind offensichtlich Attrappen. Sieh dir das mal an: An den Kameramasten hängen nutzlos die Kabel herunter."

„Dann los. Es wird Zeit. Die Wölfe sind erschreckend nah. Hörst du das Heulen?"

17

Der tiefe Schnee verhinderte, dass sie rasch vorankamen. Immer wieder sackten sie bis zu den Hüften in die kalte, weiße Masse. Peter zog bereits seine 9mm Glock aus dem Holster und lud sie durch. Nina schaute ihn an und zog ihr Kampfmesser aus der Lederscheide.

„Ein Schuss aus deiner Waffe weckt sämtliche Soldaten in der Umgebung. Ich versuche, mich mit dem Messer zur Wehr zu setzen."

„Das kannst du ja wohl knicken, Lara Croft für Arme. Die Wölfe zerreißen dich in Stücke, ohne dass du ihnen mit deinem Messer ein Haar abrasiert hast."

„Warten wir es ab, 007."

Wenig später erreichten sie endlich den Zaun. Völlig außer Atem warfen sie sich zu Boden. Peter hatte sofort mittels eines Zweiges überprüft, ob der Zaun elektrisch gesichert war. Dem war jedoch nicht so. Nina packte sich gleich ihr Spezialmesser und schnitt damit mehrere Zaunglieder auseinander, bis sie durch das Loch hindurchpassten. Peter sah bereits im Tiefschnee zwei der offensichtlich hungrigen Wölfe auf sie zu rennen. Nina bog gerade noch rechtzeitig den Zaun so zurecht, dass die Wölfe sie nicht verfolgen und das Gelände betreten konnten, als eines der Tiere wie von Sinnen auf sie zusprang. Peter zog Nina mit einem heftigen Ruck vom Zaun weg. Endlich befanden sie sich außer Reichweite der grauen Raubtiere.

„Das war verdammt knapp. Komm, lass uns hier verschwinden. Wir liegen hier förmlich wie auf dem Präsentierteller."

Nina lief gleich los und fiel nach wenigen Metern lang hin. Gerade als sie aufstehen wollte, spürte sie etwas, dass gegen ihre Brust drückte. Vorsichtig tastete sie nach dem Widerstand. Mit einmal wurde sie totenblass.

„Was ist los, Nina?"

Peter hatte sofort erkannt, dass etwas nicht stimmte.

„Hier liegen offensichtlich überall Minen. Ich spüre einen der Auslöser an meiner Brust."

„Warte, ich helfe dir."

Vorsichtig ließ Peter seine Hand unter Nina Brust gleiten, bis er den Auslöser fand. Langsam schob er die Hand über den mechanischen Druckgeber.

„Wenn du jetzt loslässt, sind wir beide Geschichte. Du wolltest mich aber noch einmal im Hellas zu

einem Steak einladen und wir wollten uns gegenseitig in Schottland in eurem Herrenhaus mit dem besten Whiskey deines Vaters unter den Tisch saufen."

„Stimmt. Dann roll dich jetzt vorsichtig auf die Seite."

Ganz sachte drehte sich Nina nach rechts. Peter hielt derweil den Auslöser fest. Mit der linken Hand legte er die Personenmine frei. Die Außenhülle war völlig verrostet und der Sprengkörper schon sehr alt. Peter erkannte das Fabrikat und schraubte vorsichtig den Zündmechanismus heraus. Die Mine war entschärft. Trotz der beißenden Kälte stand Peter der Schweiß auf der Stirn. Auch Nina atmete tief durch.

„Dann lass uns mal weitergehen. Wir müssen nur höllisch aufpassen. Der Grünstreifen bis zur Straße ist gut 20 Meter breit."

„Lass uns vorsichtig auf allen Vieren weiter krabbeln. So lassen sich die Sprengkörper besser ertasten, Peter."

Wenige Minuten später erreichten sie die Straße, die scheinbar vor nicht langer Zeit geräumt wurde. Spuren schwerer Kettenfahrzeuge waren noch sichtbar. Doch der Neuschnee der letzten Nacht hatte sie wieder in ein weißes Kleid gehüllt. Im Laufschritt rannten Nina und Peter zum ersten Gebäude. Sie versuchten, die Fluchttüre im großen Tor zu öffnen, doch diese war verschlossen. Nina benötigte kaum eine Minute, um das Schloss zu knacken. Blitzschnell verschwanden sie im Dunkel des Innenraums. Nachdem sich ihre Augen an die

Dunkelheit und die Notbeleuchtung gewöhnt hatten, schauten sie sich nach einem brauchbaren Beförderungsmittel um. Die Halle war angefüllt mit fabrikneuen Panzern vom Typ T 14, diversen Panzerspähwagen, Raketenwerfern auf Lafetten sowie Geschützen unterschiedlicher Kaliber. Ganz am Ende der Halle entdeckten sie zwei MIL 28-Kampfhubschrauber.

„Kannst du den MIL fliegen, Peter?"
„Ich bin vor langer Zeit einmal in Deutschland auf einem altem MIL 18 ausgebildet worden und kann ihn durch die Luft bewegen. Es war ein altes DDR-Relikt der Russen. Aber diese Ungetüme hier wirklich zu beherrschen traue ich mir nicht zu. Die Maschinen sind nicht umsonst mit zwei Piloten und einem Feuerleitoffizier besetzt."
„Schade, sonst könnten wir mit dem Hubschrauber türmen."
„Meinst du denn, wir bekommen den Heli flugtauglich?"
„Ich sehe ihn mir einmal an."

Nina öffnete die rechte Türe und verschwand in der Pilotenkanzel. Obwohl sie noch keine Fluglizenzen besaß, fand sie sich recht schnell in der Maschine zurecht, was vielleicht aber auch ihrem Studium geschuldet war.
„Und was denkst du?"
„Tja, schwer zu sagen, schau hier, die Tanks sind halbvoll. Die Bordkanonen sind aufmunitioniert und an den Trägeraufnahmen hängen Luft-Luft-

Raketen. Wenn wir dieses Monstrum hier heil aus der Halle bekommen, könnte es gehen."

„Das geht nicht gut, Nina. Die schießen uns ohne Probleme vom Himmel, noch bevor wir den wirklich erreicht haben."

„Na gut, dann müssen wir weiter nach einem Beförderungsmittel suchen."

Doch so sehr sie auch jeden Winkel der Halle absuchten, nirgends fand sich ein Schneemobil oder Scooter. Vorsichtig öffneten sie die Fluchttüre der Halle und schauten hinaus. Die Uhr zeigte bereits kurz nach zwölf Uhr mittags an und eine strahlend grelle Sonne aus einem azurblauen Himmel blendete sie. Nachdem sich ihre Augen an die Helligkeit gewöhnt hatten, sahen sie sich kurz um. Eine zweite Halle war in ihren Fokus gerückt. Weit und breit war kein Soldat oder ein Sicherheitsmitarbeiter zu sehen.

„Siehst du eine Kamera, Nina?"

„Nein, sie scheinen sich hier völlig sicher zu fühlen. Aber wir sollten trotzdem vorsichtig sein."

„Ok. Auf drei laufen wir in gebücktem Gang rüber zur anderen Halle. Das Tor ist dort vorn."

Nina nickte und folgte Peter, nachdem er das Zeichen gegeben hatte. Rasch hatten sie die Distanz zur zweiten Halle überwunden. Mit nur wenigen Handgriffen öffnete Nina das eher simple Schloss der Fluchttüre. Wieder schlug ihnen Dunkelheit entgegen. Doch mehrere Lichtkuppeln und ein Fensterband im oberen Teil der Halle versorgten ihre Augen mit ausreichend Tageslicht. Nina und Peter schauten sich um. Auf der linken

Seite standen fein säuberlich aufgereiht und farblich mit unterschiedlichen Punkten versehene Zarges-Kisten. Gegenüber erblickten sie hunderte Paletten mit Benzinkanistern, gefüllt mit Dieselkraftstoff, wie Peter gleich erkannte.

„Also Sprit ist reichlich vorhanden. Jetzt fehlen nur noch Scooter. Lass uns weitersuchen, Nina. Ich möchte auch einen Blick in die Kisten tun."

„Kein Problem, schauen wir uns den Inhalt an."

In den fein säuberlich aufgestapelten Spezialholzkisten fanden sie jede Menge fabrikneue Schnellfeuer- und Maschinengewehre. Außerdem sonst noch alles Mögliche an Kriegsspielzeug, das allen Menschen nur Verderben bringen würde. Munition fast jeden Kalibers befand sich feinsäuberlich verpackt und leicht eingeölt in den Kisten und Umverpackungen. Nur einen passenden fahrbaren Untersatz fanden sie nicht. Peter dachte sogar noch einmal darüber nach, den schweren MIL Kampfhubschrauber doch flugtauglich zu machen. Jedoch verwarf er diesen Gedanken sehr schnell. Die russischen Militärkräfte würden sie in null Komma nichts vom Himmel schießen. Nina holte ihn rasch zurück in die Realität.

„Schau dir das hier mal an, Peter."

Nina hatte leise die Türe einer Feuerschutzwand geöffnet. Peter folgte ihr und staunte nicht schlecht. Hier hatten sie endlich den Tummelplatz an Schneefahrzeugen entdeckt, nach dem sie suchten. Räumfahrzeuge mit Kettenantrieb von klein bis riesig, Schneekatzen wie man sie aus den Skigebieten kennt und jede Menge Scooter in verschiedenen Ausführungen, sogar mit Anhängern zum Transport von Waffen, Munition und Proviant.

„Na also, geht doch."

Nina war bereits wieder unterwegs und schaute sich um.

„Hier haben wir auch die nötige Verpflegung für unseren Ausflug. Nichts Kulinarisches, aber ganz sicher sehr nahrhaft."

Die Einsatzpakete beinhalteten immer ein Menu zum Aufwärmen, Kaffee- und Milchpulver, Zucker, Salz und ein Päckchen Zigaretten.

Außerdem lagerte dort kistenweise Brot in Dosen, das sogar einem nuklearen Einsatz trotzen würde.

„Los, Nina, wir nehmen unsere Rucksäcke und stopfen so viel an Proviant hinein wie möglich. Wir packen alles auf den Hänger da vorn und suchen uns zwei starke, gute Scooter aus. In der kommenden Nacht werden wir dann versuchen, mit den Motorschlitten von hier zu verschwinden."

„Ja, genauso machen wir das. Wir sollten uns auch noch eine Mütze Schlaf gönnen. Morgen wird ein langer Tag."

18

„Willst du das etwa alles essen, Nina. Du wirst mir noch zu dick."

„Wir haben beinahe sechshundert Kilometer durch eine unwirtliche Eiswüste vor uns. Da brauchen wir jede Kalorie."

„War auch nur ein Scherz."

„Ich freue mich schon auf das von dir ausgegebene Steak im Helenas nach unserem Einsatz."

„Liebend gern. Aber lass uns erst einmal schauen, dass wir hier lebend wegkommen und das Meer erreichen."

Mit geschultem Blick sorgte Nina grinsend für eine ausgewogene Verpflegung. Sie stopfte alles in ihre Rucksäcke, was laut den aufgedruckten Produktfotos einigermaßen schmackhaft aussah. Peter versorgte sie derweil mit Kalaschnikow-Schnellfeuergewehren und diversen Makarow-Pistolen sowie der dazugehörigen Munition. Ein paar Handgranaten vervollständigten ihr Waffenarsenal. Peter erkannte sofort, dass sie mit nur einem Anhänger nicht auskommen würden, weil alleine die Spritkanister einen Menge Raum und jede Menge Gewicht mit sich brachten.

Gerade als er die beiden Anhänger vorziehen wollte, um sie zu beladen, vernahmen sie das Geräusch quietschender Gummisohlen auf glattem Betonboden. Blitzschnell verbargen sich Nina und Peter hinter einer gewaltigen Schneekatze, die Schnellfeuergewehre im Anschlag. Zwei junge, laut palavernde Soldaten schritten durch die große Halle, ohne sich jedoch wirklich nach Eindringlingen umzusehen. Ein paar der Gesprächsfetzen, die Peter aufschnappte und verstand deuteten darauf hin, dass sie gemeinsam einen Wochenendausflug nach Jakutsk planten, um ein paar hübsche Mädels abzugreifen. Nach wenigen Minuten war der Spuk vorüber. Die gespenstische Ruhe von vorhin griff wieder nach ihnen. Um nicht doch noch aufzufallen beschlossen Nina und Peter ihre Ausrüstung erst am späten Abend zu verladen, kurz bevor sie verschwinden wollten. Um noch Kraft zu tanken, legten sie sich in die Doppelkabine der großen Schneekatze. Wenig später schliefen sie ein.

Dunkelheit empfing Nina und Peter, als sie erwachten. Nina rieb sich die Augen. Peter reckte und streckte, sich damit sich seine Gelenke und Sehnen wieder entspannten nach der etwas unbequemen Schlafposition. Kurz nach zwanzig Uhr las Peter vom Ziffernblatt seiner Armbanduhr ab. Genau die richtige Zeit, um die Hänger zu beladen und nach einem Weg zu suchen, wie sie die Halle und das Gelände unbemerkt verlassen konnten. Obwohl sie schon vorher alles bereitgestellt hatten, benötigten sie eine gute Stunde, bis sie endlich abmarschbereit waren. Doch jetzt erst begann der schwierige Teil ihrer Flucht. Obwohl die Scooter mit Flüsterauspuff und Sonderschalldämpfern ausgerüstet waren, mussten sie jetzt zeigen, dass sie damit unbemerkt das Gelände verlassen konnten.

„Wir sehen uns jetzt draußen um, wo wir am besten den Zaun aufschneiden können, ohne entdeckt zu werden. Was denkst du, Nina?"

„Gute Idee. Dann lass uns mal schauen."

Vorsichtig öffneten sie die Fluchttüre, die nach Westen hinführte. Von hier aus betrug die Distanz bis zum Zaun nur etwa einhundert Meter. Allerdings lang genug, bedachte man, dass sie diese Strecke schnell und unbemerkt überwinden mussten. Doch jetzt galt es erstmal eine Durchfahrtmöglichkeit für ihre Scooter zu schaffen. Sie schienen Glück zu haben. Die beiden Scheinwerfer in ihrem Abschnitt waren defekt. Es waren im Übrigen nicht die einzigen Lichtspender in der Anlage. Die Russen schienen sich hier absolut sicher zu sein, nicht angegriffen zu werden. Wahrscheinlich vermuteten sie, dass sich die Terroristen, die den Bunker angegriffen hatten, längst außer Landes abgesetzt hatten. Beinahe mit der Präzision eines Lasers zerschnitt Nina den Zaun und schaffte eine probate Durchfahrt für die Scooter. Lächelnd schaute sie zu Peter, der dies erfreut zur Kenntnis nahm. Doch plötzlich ging alles ganz schnell. Es raschelte heftig im Unterholz. Noch während sich Nina umdrehte, um sich zu vergewissern, dass alles in Ordnung war, sprang sie von hinten ein gewaltiger Wolfsrüde an und warf sie zu Boden. Peter wollte gleich helfen, doch Nina stieß dem Raubtier kompromisslos das schwere Kampfmesser mit der Säge mitten ins Herz. Eine wirkliche Alternative hatte sie nicht. Der ausgewachsene Rüde wog gut und gern achtzig Kilo und hätte sie vermutlich in Stücke gerissen. Doch das Glück war Nina hold. Der Wolf hatte mehrfach zugebissen, jedoch das Thermogewebe des Anzuges nicht ganz durchbeißen können. Doch einige tiefer gehende Kratzer hinterließen blutige Spuren. Erschöpft und geschockt ließ sie sich zitternd in den Schnee fallen. Peter machte kein langes Federlesen. Er packte sich Ninas Körper und trug sie zurück in die Halle. Dies geschah keine Sekunde zu früh. Ein Schneefahrzeug, einem Geländewagen ähnlich, schlitterte auf sie zu. Peter rannte durch die Fluchttüre und trat sie mit der Hacke zu. Das war noch so gerade einmal gut gegangen. Jetzt wussten sie jedenfalls, dass die Russen doch Patrouille fuhren. Peter zog sofort den Riemen, mit dem er die Kalaschnikow über seinem Rücken trug, herunter und lud die Waffe durch. Er würde sich keinesfalls kampflos ergeben. Das Geländefahrzeug stoppte vor der Halle. Peter konnte die Gesichter der noch ziemlich jungen Soldaten erkennen. Sie schienen zu überlegen, ob sie tatsächlich etwas gesehen hatte. Ein Glück, dass sie nicht zum Zaun hinübersahen, sonst hätten sie den toten Wolf erblickt und auch das Loch im Zaun entdeckt. Nina war aufgestanden und bediente sich aus einer der Zarges-Kisten mit Verbandmaterial. Mit den Zähnen riss sie die Verpackungen auf. Peter eilte ihr zu Hilfe und fixierte die Mullbinden fest auf den Wunden. Wenig später vernahmen sie, dass der Geländewagen langsam davonfuhr. Beruhigt atmeten sie tief durch.

Peter rannte zur Tür und vergewisserte sich, dass die Luft jetzt rein war. Nina koppelte derweil den Hänger an ihren Scooter an und startete den Motor. Dank der aufwendigen Motorverkapselung sowie der speziellen Abgasanlage lief der Motorschlitten beinahe lautlos. Die völlig weiß lackierten Schneefahrzeuge waren offensichtlich für besondere Kampfeinsätze gefertigt worden. Dafür sprach auch die schusssichere Frontscheibe. Peter ließ das große Tor nur so weit hoch gleiten, dass sie gerade darunter herfahren konnten. Er ließ Nina den

Vortritt. Als auch er die Halle verlassen hatte, ließ er das Tor wieder zufahren. Rasch breitete die Schwärze der Nacht ihren schützenden Mantel über ihnen aus und sorgte für Sichtschutz. Nachdem die Schlitten auch die Fahrt durch den Zaundurchlass überstanden hatten, gaben die beiden britischen Agenten ordentlich Gas. Nina schaltete ganz kurz ihr GPS ein. So konnten sie sich gleich in die richtige Richtung orientieren und ihren Kurs festlegen. Doch das Gerät durfte nur ganz kurz in Betrieb bleiben, damit man sie nicht orten konnte. Schneidend kalt blies ihnen der eiskalte Wind trotz der kleinen Frontscheiben ins Gesicht und das obwohl sie ihre Kapuzen fest zugeschnürt hatten. Nach zwei Stunden rasender Fahrt blinkte Peters Spritanzeige auf. Mit der Hand gab er Nina ein Zeichen für einen Stopp. Nina winkte zurück, dass sie verstanden hatte und lenkte ihren Scooter einem Nadelwaldstück entgegen, das ihnen nach oben hin Sichtschutz bieten würde. Trotz ihrer dick wattierten Handschuhe, den Überfäustlingen und der Griffheizung an den Schlitten konnten sie ihre Finger kaum mehr bewegen. Die Pause war dringend überfällig. Nina sorgte für eine winzige Feuerstelle in einem Schneeloch, dass sie dafür extra präparierte. Dank ihrer umfangreichen Outdoor-Ausrüstung konnte Nina in einem kleinen Topf auf einem Minikocher Schnee schmelzen und Wasser kochen und das frei von jeglicher Rauchentwicklung. Nach wenigen Minuten servierte sie in Blechbechern heißen, schwarzen Tee, der ihre Körper hervorragend aufwärmte. Peter betankte, während Nina den

Teebarista mimte, die Scooter und vergrub die beiden leeren Metallkanister unter dem Schnee im Wald. Zum Galadiner im Tiefschnee verspeisten sie den angewärmten Inhalt aus den Einsatzpackungen.

19

„Alles ok bei dir, Nina?"

„Ja, danke, Peter mir geht es gut. Ist halt verdammt kalt."

„Dann lass uns weiterfahren, damit wir so viel als möglich an Distanz bis zum Lager zwischen uns bringen. Es ist ganz sicher nur eine Frage der Zeit, bis sie den Diebstahl der Scooter nebst Ausrüstung bemerken."

Nina räumte bereits alle verwendeten Utensilien zusammen und verwischte alle Spuren. Als sie auf ihre Scooter aufsaßen, war nichts mehr von ihrem Stopp zu erkennen. Wieder orientierten sie sich ganz schnell mittels Ninas GPS. Nachdem sie das nächste Etappenziel festgelegt hatten, ließen sie die Motoren an und stoben davon.

Simon Sharp, der Chef des MI6, legte sich kurz nach dreiundzwanzig Uhr auf seine lederne Couch neben seinem Schreibtisch und schloss für ein paar Minuten die Augen. Er verzichtete darauf sich zuzudecken, um nicht fest einzuschlafen. Vierundzwanzig Stunden war er jetzt auf den Beinen und hinter seinem Schreibtisch konzentriert beschäftigt. Er war nur aus seinen Slippern geschlüpft, um sich ein wenig Bequemlichkeit zu gönnen. Dann schlief er doch tief und fest ein. Sein

113

Körper forderte eine Erholungsphase ein. Kurz vor eins in der Nacht riss ihn jäh das Summen seines Festnetzanschlusses aus Abrahams Schoß. Ohne zu zögern sprang Sharp auf. Noch während er sich leicht schwindelig und schlaftrunken in seinen Bürosessel fallen ließ, nahm er das Gespräch entgegen.

„Sharp?"

„Flottenkommando Ost, Leutnant Harper. Spreche ich mit Simon Sharp?"

„Ja, was gibt es denn, Herr Leutnant?"

„Die HMS Yorktown hat ein schwaches GPS-Signal etwa vierhundert Kilometer vor der Küste Russlands zum Japanischen Meer entfernt, aufgefangen. Das könnten unsere vermissten Objekte sein."

Sharp zuckte ein wenig zusammen, als der junge Leutnant von vermissten Objekten sprach.

„Haben wir eine Möglichkeit, die Verhältnisse vor Ort mit einer Drohne aufzuklären?"

„Kläre ich ab, Sir. Ich nehme Kontakt mit der HMS Yorktown auf und melde mich bei Ihnen."

„Ok, Leutnant Harper."

Simon Sharp stand mit einmal unter Hochspannung. Um diesen Zustand zu stabilisieren warf er seinen Kapselkaffeeautomaten an. Er wählte eine starke kolumbianische Mischung. Wenig später sprudelte zischend aromatisch duftender Kaffee in sein Porzellangefäß. Gierig griff Sharp nach dem dampfenden Becher mit der tiefschwarzen Koffeindroge. Vorsichtig schlürfte er den heißen, schwarzen Wachmacher in sich hinein.

Spürbar erwachten seine Lebensgeister. Jetzt hieß es abwarten, was überhaupt nicht seine Stärke war. Nichts hasste der Chef des MI6 mehr als dass er nicht die Zügel in Händen halten konnte, wenn es um die Geschicke seiner Abteilung ging und er sich in Muße fassen sollte. Doch auch nach dem zweiten Becher Kaffee blieb sein Telefon stumm. Seine Nerven waren zum Zerreißen gespannt.

„Leutnant Harper ruft die HMS Yorktown Captain Strongbelt.“
„Captain Strongbelt hört. Was gibt es so Dringendes Leutnant, dass Sie unsere Nachtruhe stören?“
Sofort berichtete Leutnant Harper, worum es ging.
„Wollen Sie mir damit völlig emotionslos erklären, dass zwei unserer besten Agenten, darunter Peter McCord, in dieser Eiswüste unterwegs sind und dringend unsere Hilfe benötigen?“
„Ja, Sir, genau das habe ich gerade getan.“
„Mensch, Harper, wir müssen die beiden da rausholen. McCord hat meinen Sohn aus irgendeinem Drecksloch an der syrischen Grenze befreit und ist dafür weit über seine Grenzen hinaus gegangen. Er hat sein Leben für unsere Jungs riskiert. Ich habe zwei bewaffnete Apaches und eine Westland 139 an Bord. Die beiden Kampfhubschrauber und die Westland des Rescueteams könnten die beiden da rausholen.“
„Gott bewahre, nein, Sir. Wollen Sie einen Weltkrieg vom Zaun brechen? Die Russen warten doch nur auf so einen Anlass, um sofort den Counterstrike auszulösen. Schicken Sie eine

115

Drohne raus. Finden Sie die beiden und weisen Sie Ihnen den Weg zum Strand. Dort versuchen wir dann, sie aufzunehmen. Nur wenn das Leben der Agenten in ernster Gefahr ist, dürfen wir ein Rescueteam rausschicken."

„Wenn sie erst einmal am Strand angekommen sind, hole ich, wenn es sein muss, die beiden selbst auf mein Schiff. McCord hat schon hunderten Kameraden das Leben gerettet."

„Dann nichts wie raus mit der Drohne, Captain."

Umgehend setzte geschäftiges Treiben auf den Decks der HMS Yorktown ein. Befehle wurden gerufen und sofort umgesetzt. Ein Kran beförderte eine Drohne aus dem Schiffsbauch auf die Start- und Landeplattform. Sachte setzte er sie dort ab. Vier Techniker checkten das unbemannte Klein-flugzeug durch und gaben schließlich grünes Licht. Die IT-Leute programmierten sofort den Kurs anhand der vorliegenden GPS-Daten. Noch vor Sonnenaufgang hob die elektrisch angetriebene Stealth-Drohne vom Deck des Kriegsschiffes ab. Lautlos zog sie eine enge Schleife über den Köpfen der Zerstörer-Besatzung bevor, sie den direkten Kurs zu den programmierten Koordinaten einschlug.

Endlich summte dieses gottverdammte Telefon. Ohne Zögern griff Simon Sharp nach dem Hörer und nahm das Gespräch entgegen.

„Sharp, hallo, Leutnant Harper. Sie bringen hoffentlich positive Nachrichten."

„Hallo, Sir, ich habe die Yorktown erreicht. Captain Strongbelt hat sofort den Start einer elektrisch betriebenen Drohne befohlen. Das unbemannte Flugobjekt sollte bereits Kurs auf unsere Agenten aufgenommen haben."

„Sehr gut, Mister Harper. Sie bleiben bitte am Ball und informieren mich, wenn es neue Informationen gibt."

„Selbstverständlich, Sir."

20

Mit einmal begann Ninas Scooter heftig zu schlingern. Für Peter ein deutliches Zeichen, dringend eine Pause einzulegen. Wie es schien nickte Nina immer wieder weg. Einfach zu groß waren die Strapazen, gegen die Nina und Peter jetzt schon seit vielen Stunden ohne Ruhephasen oder gar Schlaf ankämpften. Die ständig wechselnden Naturgegebenheiten forderten ebenfalls ihren Tribut. Immer wieder tauchten große Baumwurzeln oder umgeschlagene Bäume unter der Schneedecke auf, denen sie unbedingt ausweichen mussten, um ihre Antriebe nicht zu beschädigen. Ihr zweiter Kurzstopp zwecks auftanken und Flüssigkeit aufnehmen lag jetzt gut zwei Stunden hinter ihnen. Es wurde dringend Zeit, nach einer Schlafmöglichkeit zu suchen, um einfach neue Kräfte zu sammeln. Peter lenkte seinen Scooter neben Ninas und gab ihr ein Zeichen anzuhalten.

„Was ist los, großer schottischer Krieger? Bist du etwa müde?"

„Ja, Nina. Ich denke, wir sollten uns eine Schlafpause gönnen. Ich kann kaum noch meine Augen offenhalten."

„Mir geht es nicht anders, Peter. Dort rechts liegt ein Waldstück, das mit Nadelhölzern bewachsen ist. Die dichten Baumkronen bieten immer guten Sichtschutz."

„Ja, das nehmen wir. Los geht's."

Nina nickte kurz und gab Gas. Wenig später mühten sie sich, von ihren beheizten Schlittensitzen abzusteigen. Ihre Knie arbeiteten so präzise wie eingefrorene Kugellager. Entsprechend eigenwillig entwickelte sich ihr Gang, als sie durch den Schnee stapfend die Umgebung erkundeten. Durch Zufall fanden sie eine kleine Mulde, die, bedingt durch die dichte Baumkrone darüber, nur sehr gering von Schnee bedeckt war. Lediglich die kräftigen Tierspuren, deren Eigner sie nicht wirklich identifizieren konnten, bereiteten Peter etwas Sorge.

„Egal, Peter, lass uns hier unser Lager aufschlagen. Schmust du halt mal mit zwei Kätzchen oder einem Bärchen."

„Also, du bist ja schon recht schwer, wenn du dich so auf mich kuschelst. Aber so eine grazile sibirische Tigerin bringt ganz sicher so um die 250 Kilogramm auf die Waage. Damit ist sie selbst deiner Gewichtsklasse entwachsen. Ganz zu schweigen, was ein Grizzly-Bärchen so auf die Waage bringt. "

„Wolltest du mir damit durch die Blume sagen, dass ich dir Weichei zu schwer bin, weil mein

118

Körper nur so vor Muskeln strotzt und du schlappe Wurst für so eine Kampfkatze zu müde bist?"

Peter musste von Herzen lachen. Wenn Nina sich ärgerte, zog sie stets ihre Stirn kraus und gerade das und wie auch ihre Kommentare ausfielen, ließen ihn erheitern.

„Es ist hier verdammt kalt. Wir befinden uns mitten im Feindesland, ich muss Pipi, habe Hunger und Durst und doch möchte ich dir sagen, Peter McCord, dass ich mich in dich verliebt habe."

„Das ist ja wirklich sehr schön zu hören. Aber hast du jetzt keine anderen Sorgen? Wenn wir nicht noch ganz viel Glück haben, werden wir diese unfreundliche Region niemals mehr verlassen und du denkst ans Familienglück. Ihr Frauen seid doch schon merkwürdige Geschöpfe."

„Wieso? Ist doch super romantisch in den Armen des Geliebten sein Leben auszuhauchen."

„Oh, Gott, meine Kollegin ist verrückt geworden."

Peter drehte sich um und bemerkte erst jetzt, dass Nina sich von ihm abgewendet hatte und nicht mehr zuhörte. Ob sie weinte konnte er nicht sehen. Sie schien sich ein Plätzchen zu suchen, wo sie sich unbeobachtet erleichtern konnte. Auch er begab sich auf die Suche nach einem Baum, um seine Blase zu entleeren. Die eisige Kälte ließ dabei kein Wohlfühlfeeling aufkommen. Als er zurückkam erblickte er Nina, wie sie Schnee in einem Topf aufkochte. Er holte das kleine Zelt vom Schlittenanhänger und die beiden Thermoschlafsäcke. Das Zelt besaß einen aufblasbaren PVC-Boden, sodass ihre Schlafgelegenheiten trocken bleiben würden und der auch eine Wärmeisolierung bot. Plötzlich vernahm er Ninas Stimme.

„Es ist angerichtet, großer schottischer Krieger."

Peter steckte fragend den Kopf durch den provisorischen Zelteingang. Nina schien wieder ganz die Alte zu sein.

„Was gibt es denn?"

„Ordentlich deftiges Schweinefleisch, Speck, Kartoffeln und nicht mehr näher definierbarer Kohl."

„Unsere Gastgeber lassen es uns aber auch an nichts fehlen."

„Die Kalorien sollen dir Kraft für den nächsten Einsatz verleihen und dich satt machen. Niemand spricht darüber, dass du kulinarisch schwelgen sollst. Also iss, was auf den Teller kommt."

„Jawohl, Mama."

Peter griff sich das Oberteil seines Feldgeschirrs und reichte es Nina, die ihm einen ordentlichen Schlag Eintopf in den Napf schlug und dabei herzlich lachte. Auch Peter musste lachen. Für einen Moment waren all die Gefahren, die überall lauerten vergessen. Nur die unangenehme Kälte ließ sie spüren, dass sie sich nicht auf einem harmlosen Winterausflug befanden. Am Schluss ihres Diners beseitigten sie gemeinsam alle Spuren, um es etwaigen Verfolgern schwer zu machen. Außerdem wollten sie nicht mit eventuellen Essenresten die Tiere der Umgebung anlocken. Völlig kaputt krochen sie hinterher in die Schlafsäcke, die Peter in dem winzigen Zelt mit batteriebetriebenen Heizstäben angewärmt hatte. Rasch stellte sich heraus, dass Peter den richtigen

Griff getan hatte. Dank der wohligen Wärme schliefen sie sofort ein.

21

Simon Sharp hielt es nicht mehr auf seinem bequemen, ledernen Bürosessel. Mittels der modernsten Technik in seinem Office projizierte er den Ausschnitt der Landkarte Russlands auf die Leinwand, wo er seine Schäfchen vermutete. Mit dem Laserstift versuchte er zu ermitteln, in welchem Bereich der nahezu unendlichen Weite in diesem Gebiet Peter und Nina sich aufhalten konnten. Doch ohne Angaben zum Fortbewegungsmittel oder jedwede Zielkoordinaten war es schier unmöglich, die Fluchtroute der beiden zu ermitteln. Bedienten sie sich eines Fahrzeuges, einem Hundeschlitten oder waren sie nur zu Fuß unterwegs? Wie lange waren sie bereits unterwegs? Wieviel Wegstrecke lag jetzt zwischen ihnen und dem verdammten Bunker? Und in welche Richtung verlief ihre Flucht? Es war einfach unmöglich Prognosen abzugeben, ohne wirkliche Informationen zur Verfügung zu haben.

Wenigstens hatten die unkontrollierbaren U-Bootmanöver mit den Raketenabschüssen der russischen Marine abrupt aufgehört. Und nicht nur das: Zwei US-U-Boote zwangen mehrere russische Jagd-U-Boote zum Auftauchen und forderten sie zum Verlassen der amerikanischen Hoheitsgewässer auf. Nina und Peter hatten in diesem Fall wie gewohnt ganze Arbeit geleistet. Das Marineministerium war hoch zufrieden mit der Arbeit des MI6. Doch jetzt waren Simon Sharps beste Agenten verschollen. Wenn sie umgekommen waren, stellte dies einen herben Verlust für den Kreis seiner operativen Mitarbeiter dar. Ganz davon abgesehen, dass er als Chef des MI6 seinen Topagenten Peter McCord besonders schätzte und über viele Jahre hinweg ein persönliches Verhältnis pflegte. Sharp warf seinen Heißwasserkocher in Gang und brühte sich zur Abwechslung einen Earl Grey Tea auf. Zur Beruhigung seiner Nerven gab er viel braunen Zucker in seinen großen Becher hinein. Unwirsch warf er sich in seinen Sessel zurück. Er dachte kurz nach und griff zu seinem Telefonhörer.

„Sharp, hier, hallo, Leutnant Harper. Gibt es Neuigkeiten?"
„Hallo, Sir, leider noch nicht. Die Drohne ist unterwegs und fliegt einen genau festgelegten Rasterplan ab, der natürlich ein gewaltiges Gebiet umfasst. Zwar hat die HMS Yorktown ganz kurz ein schwaches GPS-Signal aufgefangen. Doch ist es ohne weitere Peilung fast unmöglich, den Aufenthaltsort der Agenten ausfindig zu machen. Seien Sie versichert Sir, dass, sobald mir neue Informationen vorliegen, ich umgehend Bericht erstatte."
„Ok, Harper, ich warte dann mal weiter ab."
Auch wenn Warten und Hände in den Schoß legen überhaupt nicht zu seinen besten Tugenden zählten, musste sich Simon Sharpe wohl dem Schicksal fügen.

„Hast du das auch gehört?"

„Nein, Peter, ich schlafe doch. Was hörst du denn?"

„Dieses Brummen. Sperr mal deine Lauscher auf, Lady?"

„Ich kann nicht mehr hören. Mir ist furchtbar kalt. Ich zittere am ganzen Körper und kann nichts dagegen machen."

Peter griff nach Ninas Händen. Tatsächlich zitterten sie. Doch ihr Körper versuchte auf diesem Wege Wärme zu erzeugen.

„Beweg deine Füße, Nina, damit sie nicht erfrieren. Da ist es wieder das Geräusch. Hörst du es jetzt auch?

„Ja, jetzt höre ich es auch. Scheint ziemlich weit entfernt zu sein."

„Ich schaue mal nach, ob das gut oder schlecht für uns ist."

„Mach das, aber sei vorsichtig. Die Russen haben sicher längst bemerkt, dass wir uns an den Vorräten aus ihrem Magazin bedient haben. Ich hoffe nur, die Scooter sind nicht GPS gesichert."

„Sehen wir dann."

So leise wie möglich schlüpfte Peter aus dem Schlafsack. Behutsam öffnete er den Reißverschluss des Zeltes. Es begann bereits zu dämmern. Ohne hektische Bewegungen zu erzeugen verschloss er seinen weißen Tarnparka und zog die Kapuze über den Kopf. Peter griff sich eines der russischen Schnellfeuergewehre und schaute sich um. Zwar vernahm er nach wie vor ein sonores Brummen, doch zu sehen war nichts. Gebückt lief er der Lichtung entgegen. Plötzlich nahm das Geräusch an Intensität zu. Doch Peter konnte immer noch nicht den Ursprung ergründen. Mit einmal rauschten etwa dreihundert Meter von ihm entfernt zwei weiß lackierte Panzerspähwagen, besetzt mit bewaffneten Soldaten, durch den Tiefschnee und direkt an ihm vorüber. Mit einem Satz sprang er hinter den Stamm eines großen Baumes. Doch wie es schien hatten ihn die Soldaten nicht bemerkt. Etwa zwei Kilometer entfernt wendeten die beiden Panzer. Mit lautem Brummen fuhren sie die gleiche Strecke zurück wie sie gekommen waren. Peter duckte sich in den Tiefschnee. Hatten die Soldaten etwa ihre Spur aufgenommen und waren ihnen gefolgt? Oder waren die Scooter tatsächlich mit GPS-Sendern ausgestattet?

Peter nahm sich vor, die beiden Schlitten mal genau unter die Lupe zu nehmen, falls dies jetzt nicht längst zu spät war.

Plötzlich wurde es ganz still im Wald, totenstill. Peter schaute sich immer wieder um. Hatten die Soldaten eventuell ihre Fahrzeuge verlassen und waren ausgeschwärmt? Ein paar Minuten wartete Peter noch ab, bis er unbemerkt zurück zu ihrem Zeltplatz kroch. Sachte schob er den Reißverschluss der Zeltplanen nach oben, um den Zugang zu öffnen. Nina lag mit ihrem gewaltigen Kampfmesser bereit sich sofort auf einen potentiellen Gegner zu stürzen, falls nicht Peters Gesicht im Eingang auftauchte.

„Hast du feststellen können, woher die Brummtöne stammen, Peter?"

„Leider ja. Es handelte sich um Motorengeräusche von zwei russischen Panzerspähwagen voll besetzt mit Infanteriesoldaten."

„Und was machen wir jetzt?"

„Wir können uns hier nur absolut ruhig verhalten und hoffen, dass unsere Scooter nicht geortet werden können. In ein paar Stunden sind die Russen ganz sicher wieder abgezogen. Dann packen wir hier alles zusammen und machen uns ganz schnell auf die Kufen in Richtung Küste."

„Was denkst du, wie weit es noch bis zur Küste ist?"

„Das ist nicht ganz leicht zu sagen, Nina, aber ich schätze so um die 400 Kilometer liegen sicher noch vor uns."

„Das ist noch verdammt weit. Ich bin jetzt schon total durchgefroren."

„Wenn wir nachher hier abbauen, wird dir sicher auch wärmer werden."

22

Fast zwei Stunden verharrten Nina und Peter noch in ihrem Unterstand, bis sie beschlossen weiter zu ziehen. Der jungen Agentin ging es tatsächlich nicht sonderlich gut. Der Kälte setzte ihr sehr stark zu. Doch mit jeder Bewegung beim Zusammenpacken ihrer Ausrüstung wandelte sich Ninas Hautfarbe von unterkühlt weiß in zartes rosa. Sie benötigten keine fünfzehn Minuten, bis sie endlich wieder auf ihren Scootern saßen und der Küste entgegen rasten. Ihre Reisegeschwindigkeit hatte erheblich zugenommen, nachdem sie sich von einer Menge Ballast befreit hatten. Allerdings mussten sie ein Auge auf ihre Spritvorräte werfen. Die beiden Scooter waren ziemlich durstig, vor allem bei dem Tempo, das Nina und Peter vorlegten. Peter rechnete im Hinterkopf bereits verschiedene Varianten durch. Sie besaßen noch vier volle Kanister Diesel. Wenn sie einen der Scooter stehen ließen, sollten ihre Treibstoffvorräte so einigermaßen bis zur Küste reichen. Noch während Peter darüber nachdachte, von welchem Schlitten sie sich wohl trennen sollten, nahm ihm das Schicksal die Auswahl ab, als sich an Nina Scooter eine Gummikette verabschiedete. Wie es wohl von der Küste aus weiterging, konnte ihnen niemand beantworten. Hauptsache war jedoch, dass sie erst einmal von hier wegkamen.

Das helle Gummilaufband war gerissen und hatte sich komplett um die Antriebswelle gewickelt. Eine solche Reparatur im Freien bei der Kälte stellte einen kapitalen Ausfall dar. Alleine der Ausbau der Welle würde ganz sicher mehrere Stunden in Anspruch nehmen und ohne Ersatzteil waren sie ohnehin aufgeschmissen. Peter pumpte den Restdiesel aus dem Tank des Havaristen in seinen Schlittentank, während Nina alles an noch brauchbaren Gegenständen auf Peters Schlitten umlud. Fünfzehn Minuten später bestiegen sie Peters Scooter, mit dem sie allerdings zu zweit nicht mehr ganz so flott unterwegs waren, auch wenn sich auf dem Hänger nur noch das

126

allernötigste befand. Eine knappe Stunde später signalisierte Nina per Schulterklopfen, dass sie eine Pause benötigte. Aber auch Peter wollte seine eingefrorenen Glieder noch einmal bewegen und einen heißen Tee trinken. Eine kleine Anhöhe mit ein wenig Buschbewachsung, hinter der sich der Scooter gut tarnen ließ, bot sich für einen Stopp an. Nina brühte aus dem blütenweißen Schnee heißes Wasser auf. Rasch sorgte sie so für zwei Becher schwarzen Tee mit viel Zucker.

„Glaubst du, dass wir von hier heil wegkommen, Peter?"

„Wenn wir in den nächsten vierundzwanzig Stunden unbehelligt die Küste erreichen ganz sicher. Wenn uns allerdings die russischen Spezialkräfte auf den Fersen bleiben und uns stellen, haben wir nicht den Hauch einer Chance. Die sind uns zahlenmäßig und waffentechnisch haushoch überlegen."

„Ich möchte gleich per GPS noch einmal versuchen, die korrekte Wegrichtung und die Distanz zur Küste zu ermitteln. Was denkst du?"

„Ja, klar. Wir sollten natürlich nichts unversucht lassen, hier wegzukommen und alle unsere Möglichkeiten ausschöpfen."

Ein paar Minuten saßen sich die beiden Topagenten schweigend gegenüber. Jeder ging seinen Gedanken nach in der Hoffnung, diesen unwirtlichen Ort so schnell wie möglich verlassen zu können. Peter tankte noch einmal nach. Ein halber Kanister Diesel stellte nun ihre letzte und eiserne Reserve dar. Um Gewicht zu sparen koppelte Peter den Hänger ab. Nina verpackte derweil das kleine Zelt und die kümmerlichen Reste ihrer Verpflegung in ihre Schlafsäcke, die sie kurzfristig zu Rucksäcken umfunktionierte. Nachdem beide auf dem Scooter Platz genommen hatten, drückte Nina den Startknopf ihres GPS-Senders. Peter ließ derweil den Diesel an und startete los. Gemächlich fuhr Peter an bis er plötzlich einen Stoß von Nina in seiner rechten Seite verspürte. Sofort hielt er wieder an.

„Was ist los, Nina?"
„Laut GPS sind es noch einhundertfünf Kilometer bis zur Küste, wenn wir uns strikt östlich halten."
„Eine gute Nachricht. Unser Sprit wird bis dahin locker reichen. Wie es von dort aus weiter geht, sehen wir dann. Wir können auf jeden Fall den Notsender einschalten. Der ist nur auf eine Frequenz programmiert und sollte den Russen nicht bekannt sein. Hoffen wir mal, dass dem so ist. Dann lass uns gleich weiterfahren. Heute Abend werden wir die Küste erreichen. Wenn alles gut geht, können wir hier bald verschwinden."

Peter drückte erneut den Starterknopf des Anlassers. Doch noch bevor das vertraute Geräusch des gut gedämmten Diesels ihres Scooters sich bemerkbar machte, vernahmen sie aus der Ferne brummende Motorengeräusche.

„Verdammt, Nina, das sind wieder die Panzer-spähwagen der Russen. Sie sind uns ganz dicht auf

den Fersen. Mit den Kettenfahrzeugen kommen unsere Verfolger extrem schnell voran. Entkommen können wir denen nicht. Ich versuche, das Waldstück in etwa zwei Kilometern östlich zu erreichen, damit wir unsichtbar bleiben. Wir müssen langsam fahren, damit man unsere Schneefontäne am Heck nicht ausmachen kann."

„Mach was du für richtig hältst, Peter, aber lass uns hier abhauen."

Nina und Peter schienen vom Glück verfolgt zu sein. Die beiden gepanzerten Kampfwagen rasten, ohne sie bemerkt zu haben, in großem Abstand an ihnen vorüber. Peters Herzschlag verlangsamte sich wieder, als sie den kleinen Wald erreicht. Bizarr wirkten die Äste der wenigen Laubbäume, die mit Eis und Schnee überzogen waren. Die Strahlen der gleißenden Sonne brachen sich millionenfach in den Eiskristallen. Hinter einer Schneewehe verbargen sie den Scooter. Sie wollten warten, bis die Luft wieder rein war. Hastig zogen sie noch die dünne, weiße Tarnplane über den Schlitten, als ein Pfeifen ihre Aufmerksamkeit weckte. Blitzschnell verbargen sie sich ebenfalls unter der Plane.

„Was war das für ein Geräusch, Nina? Eine Rakete war das wohl nicht, sonst hätten wir die Explosion bereits gespürt oder wir wären schon tot."

„Nein Peter, sieh dir das an. Dort in zwölf Uhr fliegt eine Drohne mit britischen Hoheitsabzeichen."

„Dann sucht man nach uns."

„Das ist eine MQ 9 Reaper mit Hellfireraketen bestückt. Schau, Peter, sie wendet.

„Ist das jetzt ein gutes oder schlechtes Zeichen?"

„Die Hellfire wird mit ihren 4 Raketen zur speziellen Zielbekämpfung wie auch zum Aufspüren von Zielen durch die hochsensiblen Kameras eingesetzt."

„Dann wollen sie uns ein Rescueteam schicken, nachdem sie unsere Position ermittelt haben."

„So wird es sein. Simon Sharp will wohl nicht auf uns verzichten wollen. Ich schalte jetzt unser Notsignal ein."

„Ja, mach das, Nina. Ich will hier nur noch weg. Wenn wir wieder wohlbehalten zu Hause sind, beantrage ich Urlaub und lege mich eine Woche lang zum Auftauen in die Sonne an den Strand der Algarve."

„Du mit deiner hellen Haut wirst schon nach zwei Tagen aussehen wie ein frisch gekochter Hummer. Typischer Touri von der britischen Insel."

Nina lachte sich über ihren eigenen Spruch kaputt. Plötzlich raste mit hoher Geschwindigkeit die Drohne im Tiefflug über sie hinweg. Wenig später zog sie im Steilflug in den Himmel, um eine enge Kurve zu fliegen. Kurz darauf kam sie erneut zurück. Sie verlangsamte ihre Geschwindigkeit, überflog ihr Versteck erneut und wackelte kurz mit den Stummelflügeln.

„Schau hin, Peter, der Waffenoffizier hat uns entdeckt. Er wackelt mit den Flügeln."

„Dann kann es nicht mehr lange dauern, bis sie uns hier abholen. So lange verstecken wir uns unter der Plane, damit uns die Russen nicht noch vor unseren Jungs finden."

„Ok, so machen wir es. Sag mal, großer Krieger, ich habe auch noch reichlich Urlaub. Die Algarve soll sehr schön sein. Ich war noch nie dort. Nimmst du mich mit?"

„Ja, aber sicher doch. Aber nur, wenn du diesen weißen Anzug gegen einen knackigen Bikini austauschst."

„Darüber brauche ich erst gar nicht nachzudenken. Nimmst du dann ein Sonnenbad in deiner Micky Maus Badehose?"

„Für dich tue ich doch alles, Ninamaus."

Peter hatte seinen Satz noch nicht ganz beendet, als sie das Brummen schwerer Panzermotoren vernahmen.

„Verdammt, sie haben uns wohl auch geortet, Nina. Jetzt wird es eng, verdammt eng."

23

„Leutnant Harper hier, hallo, Mister Sharp. Ich habe gute wie auch schlechte Nachrichten."

„Dann spannen Sie mich nicht so lange auf die Folter, Harper. Haben Sie die beiden endlich gefunden? Fangen Sie mal mit den guten Nachrichten an. Das beruhigt ein wenig meine Nerven."

„Ja, Sir, wir haben sie etwa einhundert Kilometer in Marschrichtung Magadan an der Pazifikküste geortet. Sie sind beide am Leben und scheinen wohlauf zu sein."

„Sehr gut und jetzt die schlechten Nachrichten, Harper."

„Die Russen haben sie wohl auch geortet. Sie sind mit zwei gepanzerten Spähwagen und schätzungsweise zwanzig Elitesoldaten vor Ort."

„Das sind in der Tat keine guten Nachrichten. Was haben Sie unternommen, Leutnant Harper?"

„Nun, Sir, Captain Strongbelt bereitet einen Rettungseinsatz von der Yorktown aus vor. Ein Westland Transporthubschrauber und zwei MQ 9 Reaper Drohnen sind bereits gestartet. Ankunft im Zielgebiet in etwa vierzehn Minuten."

„Das wird verdammt knapp. Wenn die Russen unsere Agenten wirklich ausgemacht haben, zählt jede Minute."

„Das ist mir bekannt, Sir. Aber Captain Strongbelt tut wirklich alles, was in seiner Macht steht, um Miss Brennan und Mister McCord dort schadlos herauszuholen. Ich berichte Ihnen, sobald ich neue Infos habe, Sir."

„Ja, tun Sie das und vergessen Sie das Daumen drücken nicht, Harper."

„Vielleicht sollten wir einfach beten, Sir."

„Oder das, Leutnant, wenn`s hilft. Tun Sie alles, was den Beiden in der Eisregion helfen könnte."

Simon Sharp legte auf und sich in seinem Sessel zurück. Er war jetzt sicher 18 Stunden auf den Beinen und einfach nur müde. Doch die Sorge um seine beiden Agenten ließ ihn keine Ruhe finden. Eigentlich waren die beiden doch nur zwei seine Angestellten, die das Risiko als operative Agenten zu arbeiten, genau kannten. Aber Nina Brennan und Peter McCord waren ihm ganz besonders ans Herz gewachsen. Außerdem kam hinzu: Sie waren das Beste, was er an Agenten zur Verfügung hatte und bisher konnten sie noch jeden Auftrag zu seiner vollsten Zufriedenheit ausführen.

Er musste unwillkürlich an seine eigene aktive Zeit als Operativkraft für den Geheimdienst im zweiten Weltkrieg zurückdenken. Damals arbeitete er ebenfalls für den MI6 in Casablanca und Lissabon. So manchen deutschen Agenten aus der Nazi-clique von Admiral Canaris hatte er enttarnt und auch eliminiert. Nie war er zimperlich gewesen. Häufig hatte er selbst große Angst empfunden, ebenfalls enttarnt und getötet zu werden. Es fiel ihm so sehr leicht, sich in die Köpfe seiner beiden Schützlinge in der eisigen Weite Sibiriens hinein-zuversetzen. Sie hatten einen tollen Job gemacht und jetzt, kurz bevor sie wieder nach Hause zurückkehren konnten, sollte ihre Rückreise noch scheitern? Das durfte einfach nicht sein. Aber ihm waren die Hände gebunden. Er konnte dem Captain der Yorktown nicht zu viel Druck machen und mit einem Militäreinsatz die Souveränität Russland verletzen. Dies hätte mit Sicherheit einen militärischen Konflikt ausgelöst. Der Rettungs-einsatz musste gewohnt effektiv, aber still und leise ablaufen, so wie man es von Geheimdienstaktionen gewohnt war. Doch dieses Warten zehrte an seinen Nerven. Erneut brühte er sich einen starken Kaffee auf. Erschöpft ließ er sich damit in seinen Sessel fallen. Hoffnungsvoll starrte er auf die Karte Sibiriens auf seiner Leinwand.

Obwohl die Sonne aus einem eiskalten, klaren Himmel auf die schneebedeckte Erde schien und so freie Sicht bot, konnten Nina und Peter nicht erkennen, wo sich der Spähtrupp der Russen versteckt hielt. Die beiden Kettenfahrzeuge schienen sich hinter einem Felsbrocken verborgen zu haben.

„Siehst du sie, Nina?"

„Nein, ich höre nur das Brummen der Motoren im Leerlauf. Sie wissen, dass wir hier sind. Aber sie haben uns noch nicht geortet. Wir haben nur eine Chance, wenn wir uns ganz still verhalten und uns verstecken. Sobald sie uns aufgespürt haben, bricht hier das Inferno los."

„Das denke ich auch. Lass mich unsere Chancen kalkulieren. Die Drohne stammt ganz sicher von einem unserer Schiffe, das hier im Pazifik vor der Stadt Magadan herumdümpelt oder der Küste Japans. Die Drohne, die uns gefunden hat, wird mit Sicherheit unsere Position an das Schiff weitergeleitet haben und den Rettungseinsatz auslösen. Da die Besatzung nicht unvorbereitet ist, sollte der Anflug hierher nicht allzu lange auf sich warten lassen."

„Das ist aber alles relativ, Peter. Wie lange werden wir hier ausharren müssen? Eine Stunde, zwei Stunden?"

„Ich weiß es leider nicht, Nina. Was haben wir an Waffen und Munition?"

„Ich habe fünf volle Magazine für die Kalaschnikow und eine Boden-Luft Rakete."

„Dann hast du glatt ein Magazin mehr für das Sturmgewehr. Ich habe nur vier Stück zur Verfügung. Dafür aber noch eine Makarow Pistole Kaliber 9mm mit vollen 5 Magazinen. Damit können

134

wir zwar noch ein paar von ihnen in die ewigen Jagdgründe befördern. Eine wirkliche Chance gegen die Übermacht haben wir allerdings nicht."

Eine Durchsage per Megaphone in glasklarem Englisch riss sie unerwartet aus ihrem Gedankenspiel.

„Commander McCord, wir wissen das Sie und Ihre Kollegin Oberleutnant Brennan sich hier draußen verbergen. Wenn Sie sich kampflos ergeben, geschieht Ihnen nichts. Wir bringen Sie nach Moskau und werden Sie gemäß der Genfer Konvention wie Kriegsgefangene behandeln. Sollten Sie sich jedoch nicht ergeben, beginnen wir in Kürze mit der Bombardierung des Geländes. Wir haben bereits Kampfflugzeuge angefordert. Sie haben die Wahl."

„Was machen wir jetzt, Peter?"
„Nun, unsere Möglichkeiten und Aussichten auf ein glückliches Ende sind stark eingeschränkt und mehr als düster. Ergeben wir uns, wandern wir nach einer Tortur an Foltern und Verhören in irgendeinen dreckigen Gulag, wo wir bis zum Ende unserer Tage Uran oder seltene Erze schürfen dürfen. Immer davon ausgehend, wir überleben die Folter. Der Tod durch eine Explosion tritt dafür sofort ein. Keine langen Leiden. Ich bleibe hier."
„Ich habe eine Scheißangst, Peter."
„Kann ich gut verstehen. Aber solange die uns noch nicht entdeckt haben, sind wir klar im Vorteil. Wir müssen halt Zeit schinden und uns mucksmäuschenstill verhalten."

135

„Deine Nerven möchte ich haben."
„Kriegst du mit der Zeit."

24

Peters Worte gingen im Kreischen der Jettrieb-
werke von zwei Kampfbombern unter. Im Tiefflug
rasten zwei SU-57 Kampfjets über sie hinweg und
wirbelten eine Menge Schnee auf.
*„Sie versuchen uns aufzuspüren, in dem sie den
Schnee aufwirbeln."*
*„Genau und was sagt uns das, Nina? Sie haben
uns noch nicht wirklich geortet."*
„Eine kurze Galgenfrist für uns?"
*„Nicht wirklich. Sie werden uns ganz sicher beim
nächsten Überflug mit ihren Wärmebildkameras
aufspüren. Wir sollten ein wenig für gelöste
Stimmung und eine echte Überraschung sorgen."*
*„Na, du hast vielleicht Nerven. Ich habe Angst,
Peter, und du möchtest hier noch den Entertainer
spielen."*
*„Genau. Nur das mein Programm bei den Russen
nicht zur Erheiterung beitragen wird. Während ich
mit der einzigen Boden-Luft-Rakete, die wir
besitzen versuchen werde, eine der Suchoi vom
Himmel zu schießen, bastelst du aus unseren
Rucksäcken zwei menschenähnliche Körper,
schnallst sie auf den Scooter und jagst ihn mit
Vollgas per Autopilot in westliche Richtung. Mit der
Aktion sollten wir uns so viel Zeit verschaffen, bis
unsere Leute eintreffen um uns hier rauszuholen.
Was sagst du zu meinem Vorschlag?"*

„Ich glaube wir haben nicht wirklich viel Auswahl. Da kommen die beiden Jets wieder angeflogen."
„Die fliegen noch zu weit östlich. Beim nächsten Anflug werden sie uns aber orten. Die arbeiten ein Suchraster ab. Also los, Nina."
„Bin schon weg."

Während Nina die Rucksäcke mit Schnee voll-stopfte und daraus britische Agenten formte, zog Peter die russische Boden-Luft-Rakete aus der Seitenhalterung des Scooters heraus. Er war zwar gut geübt mit der Handhabung einer amerika-nischen Stinger Rakete, die den Russen ganz sicher als Vorbild für ihre tragbare Rakete diente. Doch mit dem russischen Modell musste er sich erst vertraut machen und das in der Tat verdammt schnell. Er fasste seine ganzen Russischkennt-nisse zusammen und besah sich die Konstruktion. Eigentlich brillierten die meisten russischen, technischen Gerätschaften mit einer simplen Handhabung und genau darauf spekulierte Peter. Schnell fand er die Taste zum Einschalten der Suchereinrichtung. In dem er den Sicherungssplint drückte, schaltete er den Raketenkopf scharf.
Wie erwartet rasten die beiden Suchois jetzt direkt über ihren Kopf hinweg. Zeit sofort zu handeln. Ganz sicher hatten die Piloten nun die Wärmereflektion ihrer Körper aufgezeichnet. Es war davon auszugehen, dass sie bereits ihre Raketen scharfmachten, um Nina und Peter beim nächsten Überflug in die Umlaufbahn zu bombardieren. Nina hob ihre rechte Hand und signalisierte, dass sie bereit war, den Schlitten

loszuschicken. Peter nickte nur. Sofort startete sie den Motor. Fast lautlos raste der Scooter davon. Wenn Peter es nicht besser gewusst hätte, würde er glauben, dass auf dem Schlitten zwei Menschen saßen. Es dauerte nicht lange und die Besatzungen der gepanzerten Fahrzeuge eröffneten das Feuer auf den Schlitten. Da dieser jedoch durch das hügelige Gelände hin und her schaukelte und dadurch ständig seine Position wechselte, lag die Trefferquote bei null. Auch die beiden Kampfjets brachen ihren Zielanflug ab und nahmen den Scooter ins Visier. Das Bellen der Bordkanonen war unüberhörbar.

Peter legte das Rohr der Boden-Luft-Rakete auf einen Baumstumpf auf. Er folgte mit dem Sucher im Okular der Flugbahn der vorderen SU. Jetzt wurde es ernst. Die Kampfjets hatten gedreht und sich auf die Fluchtposition des Scooters eingestellt. Peter hielt die Luft an. Obwohl eigentlich unnötig gab er Druckpunkt auf den Auslöser. Während er sanft ausatmete, drückte er ab. Zischend verließ die Flugabwehrrakete die Abschussvorrichtung. Mit höchster Präzision raste sie den heißen Triebwerkabgasen der vorderen Suchoi hinterher. Nina und Peter griffen ganz schnell nach ihren Waffen und verließen ihre Position. Sie mussten weiter versuchen ihre Verfolger zu täuschen. Ein gewaltiger Knall am Himmel ließ sie wissen, dass sie einen Verfolger erledigt hatten. Der Pilot konnte gerade noch seinen Schleudersitz betätigen, bevor sich die Nase des Jets ungebremst ins gefrorene Erdreich bohrte. Die zweite Maschine, die ihrem

Vordermann den Rücken decken sollte, war offensichtlich ebenfalls durch herumfliegende Wrackteile beschädigt worden und drehte ab. Durch das Szenario am Himmel hatten sich Nina und Peter ein wenig ablenken lassen, derweil die beiden gepanzerten Fahrzeuge den Scooter eingeholt hatten.

„Und was machen wir jetzt, Peter? Die Russen haben bestimmt längst bemerkt, dass sie uns auf den Leim gegangen sind."
„Wir haben nur die Option uns weiter zu verstecken und abzuwarten."
Auch der Scooter flog mit einem kräftigen Knall in die Luft und zerbarst in hunderte Einzelteile. Ganz sicher hatte der Suchtrupp gerade bemerkt, dass die vermeintlichen Schlittenfahrer nur aus zwei gefüllten Rucksäcken bestanden. Tatsächlich drehten die beiden Spähpanzer bei und fuhren auf das Versteck von Nina und Peter zu.

„Sharp hier, hallo, Leutnant Harper. Gibt es bereits Neuigkeiten?"
„Nein, Sir. Die Rettungsaktion ist angelaufen."
„Sie haben etwas von 14 Minuten gefaselt, Harper. Die Frist ist aber längst abgelaufen. Wie ist der Stand der Dinge, Harper? Gibt es Komplikationen?"
„Nun, Sir, es gab zwei Explosionen, zu deren Ursache wir noch nichts sagen können. Wie es scheint hat sich die russische Luftwaffe in die Handlungen eingeschaltet. Ob die Russen eine Maschine verloren haben oder was sonst die

Ursache der beiden Explosionen ausmachte, wissen wir noch nicht."

"Verdammt, Harper, uns läuft die Zeit davon."

"Ich weiß, Sir, aber was soll ich machen?"

"Fragen Sie noch einmal bei der Yorktown nach ob alles nach Plan läuft."

"Ja, Sir, wird direkt erledigt. Ich melde mich sofort wieder bei Ihnen."

Simon Sharp hielt es schon lange nicht mehr auf seinem Sessel. Wie ein Tiger in seinem Käfig lief er nervös auf und ab. Ständig warf er abwechselnd einen Blick auf die Karte Sibiriens und Jakutsk, die sein Beamer auf die große Leinwand projizierte. Auch die soeben eingetroffene Belobigung der englischen Admiralität, dass erneut zwei russische Jagd-U-Boote in britischen Hoheitsgewässern aufgebracht und zur Rückkehr gezwungen wurden, ohne dass sie in der Lage waren, ihre Testraketen abzuschießen, konnte Sharp nicht erfreuen oder gar beruhigen. Zwar handelte es sich um die erfolgreiche Arbeit von Nina Brenan und Peter McCord. Doch wie es schien stand der Preis des Erfolges in keinem Verhältnis. Ein Totalausfall seiner beiden Agenten Brennan und McCord führte augenblicklich zu einer wirklichen Schwächung der operativen Auslandsabteilung des MI6. Das wussten auch die Russen. Niemals mehr würden die Beiden aus der Internierung entlassen werden. Es sei denn, dem MI6 ging ein ähnlicher Fang ins Netz wie seine beiden Topagenten, um diese gegeneinander auszutauschen.

25

„Was machen wir jetzt, Peter? Sie fahren direkt auf uns zu. Mit unseren Sturmgewehren können wir nicht viel ausrichten."

„Das sehe ich auch so. Vielleicht können wir uns hier im Wurzelwerk unter dem abgestorbenen Baum verstecken und unsichtbar machen, bis sie an uns vorübergefahren sind."

„Haben wir eine Wahl?"

„Nein, nicht wirklich. Also ab in die Wurzeln."

Die beiden Fahrzeuge mit ihren breiten Ketten kamen auf dem verschneiten Boden schneller voran als gedacht. Erste Garben aus ihren Maschinengewehren streiften über ihre Köpfe hinweg. Die Panzer waren schon so nah, dass sie den Geruch der Dieselabgase wahrnehmen konnten. Nina sah aus ihrem Versteck heraus wie einige der schwer bewaffneten Soldaten von den Fahrzeugen absprangen und zu Fuß auf sie zuliefen. Wieder erfolgte eine Megaphondurchsage:

„Wir haben Sie jetzt eingekreist, Commander McCord. Wir kommen nun zu Ihnen, um Sie festzunehmen. Leisten Sie keinen Widerstand und ergeben Sie sich. Dann geschieht Ihnen nichts."

„Und jetzt, mein großer Krieger?"

„Werden wir wohl gefangen genommen."

„Was für eine tolle Aussicht."

„Ich gehe zuerst. An mir sind sie ohnehin mehr interessiert."

Peter erhob sich und kletterte aus dem natürlichen Unterstand heraus. Als er die Hände zum Himmel reckte, um sich zu ergeben, ließ ein plötzliches, schrilles Pfeifen allen das Blut in den Adern gefrieren. Was folgte war ein gewaltiges Inferno. Raketen schlugen ein. Die heftigen Explosionen raubten ihnen die Luft zum Atmen. Peter warf sich zurück unter die Wurzel und zog den Kopf ein. Schützend legte er sich über Nina.

Mit einmal wurde es totenstill. Kein Laut war mehr vernehmbar. Lediglich der Gestank von brennendem Stahl, Treibstoff und Ölen sowie verbranntem Menschenfleisch trieben Nina und Peter die Tränen in die Augen. Peter fing sich als Erster. Er stand auf und zog Nina aus der Deckung, die ohnmächtig geworden war. Ein Westland Hubschrauber, geschützt von zwei Apaches über ihnen, setzte unweit von Peters und Ninas Standort zur Landung auf. Navy Seal Soldaten sprangen aus der Maschine und sicherten die Umgebung. Zwei Sanitäter rannten auf Peter zu. Vorsichtig übergab er ihnen den leblosen Körper von Nina. Sofort entrollten sie ihre leichte Trage und legten die junge Agentin darauf ab. Noch auf dem Weg zum Helikopter erhielt sie eine Infusion. Peter rannte zu seinem Flugtaxi. Überall lagen qualmende Wrackteile der explodierten Spähpanzer herum. Dazwischen abgerissene, menschliche Körperteile. Der Anblick war einfach grauenvoll. Ohne sich ein weiteres Mal umzudrehen sprang Peter in den Helikopter. Sofort stiegen auch die Navy Seals wieder zu und der Hubschrauber hob ab. Pfeifend und infernalisch grollend schossen plötzlich zwei russische Jets über sie hinweg. Peter ahnte bereits, was da auf sie zukam. Mit Nachbrenner donnerten zwei MIG 29 Abfangjäger über die Hubschrauber hinweg. Ihr Abgasstrahl destabilisierte unnachgiebig den Hubschrauberstart, was ganz sicher gewollt war. Doch die Jungs am Pitch des Westland Helikopter waren alte Hasen, die sich nicht so schnell aus der Ruhe bringen ließen. Die beiden Apache Kampfhubschrauber versuchten derweil, den Anflug der russischen Kampfjets zu stören. Sofort drehten sie nach Osten ab. Die Hubschrauberpiloten steuerten die Maschinen in so geringer Höhe Richtung Küste, dass Peter Sorge hatte, sie könnten in einer Schneewehe hängen bleiben. Acht Minuten lang droschen die beiden Hubschrauberpiloten den Transporthubschrauber über die verschneite Landschaft, bis sie endlich die Küste erreichten. Nur weil die Piloten in der Tat ihr Handwerk verstanden und ständig ihre Position wechselten, erhielten sie keine nennenswerten Treffer von den Bordkanonen der MIGs, die wie wild versuchten, die Hubschrauber abzuschießen. Wie es schien waren die russischen Maschinen nur mit Bordwaffen ausgestattet. Hätten ihnen Luft-Luft-Raketen zur Verfügung gestanden, wären die Hubschrauber bereits Geschichte. Vermutlich befanden sich die beiden Kampfjets auf einem Ausbildungsflug, der ohne Raketenübungen stattfinden sollte. Plötzlich drehten die Jets ab und verschwanden. Ganz sicher ging ihr Kerosin zur Neige. Man konnte förmlich die Steine hören, die den Piloten wie auch ihren Passagieren von den Herzen fielen.

Die Hubschrauberpiloten rasten nur wenige handbreit über die Wellenkronen des Pazifiks hinweg der Yorktown entgegen, bis urplötzlich wie aus dem Nichts drei SU 27 Abfangjäger der russischen Luftwaffe auftauchten. Die Jets vom Typ Suchoi 27 waren von ganz anderem Kaliber. Sie erreichten Spitzengeschwindigkeiten von zweieinhalbfacher Schallgeschwindigkeit, was ihr unerwartetes und schnelles Auftauchen erklärte. Die Spezialisten der Abteilung Feindabwehr auf der Yorktown hatten die Kriegsspielchen der herannahenden Kampfjets am Himmel sowie auf ihren Radarbildschirmen längst mitverfolgt. Als die Jets in den Sicherheitsbereich des Zerstörers eindrangen, leiteten sie umgehend Gegenmaßnahmen ein. Einige Salven aus ihren Flugabwehrgeschützen sowie die Öffnung der Raketenbunker, in denen die Boden-Luft-Raketen startbereit zum Abschuss standen, ließen die russischen Jets jedoch abdrehen. Niemand wollte wirklich einen internationalen Zwischenfall heraufbeschwören. So konnte der Westland Hubschrauber seine wertvolle Fracht der Yorktown anvertrauen.

„Endlich eine gute Nachricht, Leutnant Harper. Sind die beiden unversehrt?"
„Ja, Sir, Miss Brennan hatte wohl einen Schwächeanfall aufgrund eines erheblichen Flüssigkeitsmangels. Commander McCord hat reichlich Schlafdefizite."

„Völlig normal nach so einem Extremeinsatz. Grüßen Sie die beiden. Ich plane umgehend deren Rückführung nach Großbritannien."

„Mach ich, Sir."

Simon Sharp lief mit einmal zur Hochform auf. Dank seines hohen Adrenalinspiegels war jegliche Müdigkeit verflogen. Er griff nach dem Hörer seines Festnetzanschlusses und gab über Kurzwahl eine Nummer ein. Nach dem vierten Freizeichen wurde sein Anruf entgegen genommen.

„Simon Sharp vom MI6 in London. Bitte verbinden Sie mich mit dem Vizebotschafter."

Wieder dauerte es ein paar Sekunden bis sich sein Gesprächspartner meldete.

„Hallo, Simon, altes Haus, lange nichts von dir gehört. Wenn du aber einmal anrufst brennt, es meistens."

„Hallo, Tom, es scheint dir aber gut zu gehen, wie ich höre. Also brennen wäre zu viel gesagt. Ich habe folgende Bitte."

26

Peter öffnete das rechte Auge. Er musste blinzeln. Durch einen Schlitz in der Gardine bahnte sich ein Sonnenstrahl seinen Weg in seine Stube und genau auf sein Gesicht. Obwohl er tief und fest und ganz sicher mehrere Stunden am Stück geschlafen hatte, war ihm noch gar nicht so recht nach Aufstehen zu Mute. Doch er wollte wissen, wie es Nina ging und vor allem wann und wie sie nach Hause kommen. Also sprang er aus seiner nicht unbedingt unbequemen Offizierskoje. Langsam wankte er in die kleine Nasszelle und schaute in den Spiegel. Was er dort sah, ließ ihn ein wenig erschrecken. Da er sich mehrere Tage nicht rasiert hatte, glich seine Physiognomie eher der eines Seeräubers als der eines christlichen Seefahrers und Spezialagenten. Rasch seifte er sein Gesicht mit dem Rasierschaum ein, der für Gäste bereitstand. Ohne sich zu schneiden sorgte er für ein korrektes Aussehen. Er putzte seine Zähne und trat in die Dusche. Der heiße Wasserstrahl weckte auch den Rest seiner Lebensgeister und beseitigte seine Verspannungen im Nackenbereich. Nachdem er sich eingeseift hatte spürte er einen leichten, kaum wahrnehmbaren Luftzug. Ein deutliches Zeichen dafür, dass er nicht mehr alleine in seiner Kajüte war. Doch durch den dunkelblauen Duschvorhang konnte er nicht erkennen, wer sich in seiner Umgebung ungebeten aufhielt.

Gab es eventuell einen russischen Schläfer auf der Yorktown, den der Geheimdienst nun aufgeweckt hatte um ihn und Nina auszulöschen? Peter jedenfalls war kampfbereit. Er hatte die mörderische Kälte Sibiriens lebend überstanden. Dann sollte jetzt auch kein gedungener Killer die Chance bekommen ihn auszuschalten. Schließlich hatte er Nina ein großes Steak im Helenas versprochen wie auch einen Kurztrip an die Algarve.

Wieder spürte er den leichten Windzug. Peter nahm all seine Kraft zusammen. Beinahe lautlos schob er den Vorhang beiseite und stürzte sich wie ein Tiger auf sein Opfer. Ein schriller Schrei gebot ihm jedoch Einhalt, seinen Gegner vollends auszuschalten.

Sofort ließ Peter von der uniformierten, jungen Frau im Range eines Sergeants ab.

„Entschuldigen Sie bitte, Sergeant. Sie haben sich hier so leise reingeschlichen, dass ich den Eindruck gewann, Sie wollten mich umbringen. Was um alles in der Welt tun Sie hier?"

Ein Strahlen huschte über das Gesicht der jungen Frau, die ihn, nackt wie er war, von oben bis unten betrachtete und ihre Augen im mittleren Teil seines Körpers länger verweilen ließ.

„Kein Problem, Commander, ich bringe Ihnen frische Wäsche und Ihre Uniform. Der Kapitän und die Offiziere erwarten Sie bereits in der Offiziersmesse. Mein Name ist Tracy O´Moley. Ich diene jetzt seit drei Jahren auf der Yorktown. Nicht übel, was ich da sehe, Commander. Wir könnten den kleinen Ringkampf in ein paar Tagen noch einmal, jedoch an Land, austragen."

Peter musste lachen. Er griff rasch nach einem Handtuch und schlang es sich um die Hüften.

„Ich hätte Angst, von Ihnen besiegt zu werden, Sergeant. Sie stammen aus Schottland?"

„Ja, Sir, meine Familie stammt aus Edinburgh."

„Eine Landsfrau. Ich bin gebürtiger Highlander."

„Ich weiß, Commander. Wie schon vorgeschlagen könnten wir den kleinen Fight an Land fortsetzen. Hier ist meine Handynummer."

„Schauen wir mal, wohin es mich morgen verschlägt. Warten Sie nicht auf mich. Ich bin ständig unterwegs und nie lange an einem Ort. Jetzt möchte ich mich gern anziehen."

Grinsend und lautlos verschwand der kleine Sergeant so, wie sie in der Stube erschienen war.

Peter wurde beinahe geblendet vom strahlenden Weiß der Marineuniform, die ihm die hübsche Sergeantin gebracht hatte. Er stieg in die Unterwäsche und zog die Uniform an. Alles passte wie für ihn angefertigt. Selbst die Schirmmütze wies die korrekte Kopfgröße aus. Er legte noch seine Armbanduhr an und verließ seine Unterkunft. Wieder tauchte Tracy O´Moley auf, die ihn zur Offiziersmesse begleitete. Beherzt klopfte sie an der Türe und öffnete sie.

„Sergeant O´Moley, Captain. Commander McCord ist hier, Sir."

Peter trat an Sergeant O´Moley vorbei und ging sofort zur Begrüßung auf Captain Strongbelt zu.

„Hallo, Captain Strongbelt, vielen, vielen Dank für Ihre Hilfe, Sir. Ohne Ihren Einsatz und den der Kameraden wären Oberleutnant Brennan und ich in russische Gefangenschaft geraten oder sogar längst tot."

„Halb so wild, Peter, setz dich zu uns an den Tisch. Da kommt auch deine Kollegin."

Nina stellte sich vor Captain Strongbelt, grüßte militärisch und bedankte sich ebenfalls für die Rettung.

„Ihr beiden seid wirklich ein tolles Team. Setzen Sie sich bitte auch zu uns Oberleutnant Brennan. Ich stelle Ihnen jetzt meine Offiziere vor."

Das Hallo war groß, vor allem bei den weiblichen Offizieren. Peter in seiner weißen Gala-Uniform war aber auch ein echter Hingucker. Und er war der dienstgradhöchste Offizier an Bord. Außerdem war noch keiner der Offiziere einem leibhaftigen Auslandsagenten begegnet. Auch Nina hatte schnell ein paar Fans gefunden. Nach dem Essen nahm Captain Strongelt Peter beiseite.

„Ich bin sehr glücklich, Peter, dass ich auch mal etwas für dich tun konnte. Ich werde dir nie vergessen, dass du vor einem Jahr meinen Jungen und die vielen anderen Kameraden aus den Klauen des IS befreit hast."

„Wie geht es Ihrem Sohn heute, Captain?"

„Sehr gut, danke der Nachfrage. Er studiert Maschinenbau in Eaton."

„Das ist genau seine Richtung. Der Junge wird mal ein toller Ingenieur. Nur durch sein technisches Verständnis und seinen Einsatz haben wir den alten Bus in Gang bekommen, mit dem wir anschließend geflohen sind. Ich freue mich, dass es ihm gut geht, Sir. Grüßen Sie ihn bitte von mir."

„Jetzt lass doch endlich mal den Sir weg, Peter. Komm, wir genehmigen uns einen Espresso und trinken Brüderschaft."

Die beiden Männer hatten sich schnell an der kleinen Bordbar in der Offiziersmesse festge-quatscht und waren vom Espresso auf Mineral-wasser umgestiegen. Plötzlich dröhnten alle Alarm-sirenen auf dem Zerstörer.

Erst glaubten alle an eine Übung, um den prominenten Gästen die Einsatzbereitschaft der Mannschaft zu demonstrieren. Captain Strongbelt griff sofort nach dem Telefon und rief seinen ersten Offizier an.

„Was ist los, Henry?"
„Die Yorktown wurde von russischen Kampf-schwimmern angegriffen und ihr Rumpf an mehreren Stellen mit Haftminen versehen. Die Russen fordern die Herausgabe von Commander McCord und Oberleutnant Brenan. Wir haben eine Stunde Zeit, die beiden in ein Beiboot zu setzen mit Kurs Nord-Nord-Ost. Dort werden sie von einem russischen U-Boot aufgenommen. Kommen wir den Forderungen der Russen nicht nach, wird die Yorktown mit Mann und Maus versenkt. Die Sprengkraft der Minen wird so groß sein, dass niemand überlebt. Dieser Funkspruch kam gerade rein. Was machen wir, Frank?"
„Alle Mann auf Gefechtsstation. Den Westland Hubschrauber und die Apaches auftanken und fertigmachen zum Start. Wir fliegen McCord und Brennan nach Hokkaido. Die beiden Apache Hubschrauber sowie 2 MQ Reaper gehen in Alarm-bereitschaft. Erst auf meinen Befehl hin steigen sie zu Aufklärungszwecken auf. Ich komme hoch auf die Brücke. Wir haben noch so einige Dinge in Petto, mit denen wir den Russen in die Suppe spucken können."
„Was ist los, Frank?"
Peter schaute den Skipper fragend an.
„Die Russen erpressen uns und wollen erreichen, dass wir euch beide ausliefern. Sie haben durch Kampfschwimmer Minen am Rumpf der Yorktown befestigt und drohen damit, das Schiff in die Luft zu

jagen, wenn wir ihren Forderungen nicht nachkommen. Wir sollen euch in ein Beiboot setzen und mit Kurs Nord-Nord-Ost auf das offene Meer hinausschicken. Irgendwo in der Umgebung taucht dann ein U-Boot auf, das euch aufnehmen soll. Aber mach dir keine Sorgen, Peter, wir spielen genauso wie die Russen in der Champions League. Die Yorktown ist ein hochmodernes Kampfschiff und erst vor zwei Monaten wurden modernste Abwehrsystemen nachgerüstet. Ich verstehe nur nicht, warum unsere Minenwarnsysteme nicht angeschlagen haben, als die Kampfschwimmer das Schiff angegangen sind."

„Nun, Frank, auch die Russen spielen ganz oben mit."

„Die werden sehr schnell merken, was sie von diesen Spielchen haben. Henry, trommeln Sie unsere Leute zusammen. Wir müssen ein Abwehrkonzept erstellen."

„Frank, bevor hier die ganze Mannschaft nebst Schiff versenkt wird, ergebe ich mich den Russen. Ich möchte nur das Nina den Einsatz gesund überlebt."

„Das kommt überhaupt nicht in Frage, Peter. Die Botschaft hat schon alles für eure Rückreise arrangiert. Wir bringen euch unversehrt nach Hokkaido. Dann geht es ab nach Hause."

27

Keine zehn Minuten später versammelten sich die für Kampfeinsätze zuständigen Offiziere um den kleinen Konferenztisch des Skippers, der sofort die Initiative ergriff.

„Meine Damen, meine Herren, es ist das erste Mal, dass die Yorktown wirklich angegriffen wird. Wir müssen jetzt alles dransetzen, die Besatzung, das Schiff genauso wie unsere beiden Agenten zu retten. Was ich nicht verstehe ist, dass unser Minenabwehrsystem nicht reagiert hat, als die russischen Kampfschwimmer die Ladung angebracht haben. Henderson, was haben Sie dazu zu sagen?"

„Nun, Skipper, ich vermute eine Fehlfunktion des Systems."

„Was für ein Unsinn, Paul! Du hast die Warnlampe doch auch aufleuchten sehen und sie abgeschaltet, weil du eine Fehlsteuerung vermutetest."

Peter, der gleich neben dem Horchoffizier saß, bemerkte sofort, dass Henderson eine Schusswaffe im Koppel trug.

„Soll das jetzt heißen, dass ich meine Arbeit nicht korrekt durchgeführt habe?"

„Das soll eher heißen, dass Sie etwas zu vertuschen versuchten, Henderson."

Kapitän Strongelt war außer sich, als er hörte, dass er vermutlich einen Saboteur an Bord hatte.

Plötzlich sprang Henderson auf und zog seine Waffe. Er hatte allerdings nicht damit gerechnet, dass Peter aufgepasst hatte. Der britische Agent verpasste Henderson zwei Schläge aus seinem Repertoire Krav Maga. Sofort fiel Henderson in sich zusammen. Der Skipper rief per Telefon die bordeigene Militärpolizei, die den Saboteur gleich festnahm. Nina, die an Peters rechter Seite saß, schaute den Kapitän interessiert an. Auch sie war aufgesprungen, um gleich eingreifen zu können.

„Was hast du vor, Frank?"
„Ich möchte das neue Demagnetisierungssystem testen."
„Wie funktioniert das, Frank?"
„Wir können, allerdings nur mit einem enormen Energieaufwand, den Schiffsrumpf antimagnetisch machen. Das bedeutet, dass die Minen abfallen werden wie faule Äpfel, wenn alles funktioniert. Die Yorktown ist das erste Kampfschiff der Königlichen Marine, das bei der letzten Generalüberholung mit diesem System ausgestattet wurde. Tests erfolgten bisher nur an kleineren Booten. Dies allerdings mit großem Erfolg. Es sollte serienreif sein, wenigstens verspricht das der Hersteller"
„Und wo liegen die Tücken im System?"
„Der Energiebedarf des Systems ist so hoch, dass wir kurzfristig alle Energiequellen auf dem Schiff abschalten müssen, was natürlich ein erhebliches Sicherheitsrisiko darstellt. Kein Fön, keine elektrische Zahnbürste oder Rasierer geschweige denn das Abwehrradar dürfen während des Einsatzes von DEMAGS eingeschaltet sein. Die Minen sind mit Sicherheit hochempfindlich und wenn sie sich nicht im Ganzen lösen, werden sie explodieren."
„Erklär uns, was du vorhast, Frank."
„Ok, das ist jetzt der Einsatzbefehl fürs Protokoll. Wir bestücken sofort alle Abwurfvorrichtungen mit Wasserbomben zur U-Boot Bekämpfung. Die beiden Apaches wie auch die Reaper gehen auf

Standby. Die Motoren bleiben aber aus. Wir wollen die Russen nicht gleich mit der Nase drauf stoßen, dass hier etwas nicht ganz Koscheres abgeht. Wir lassen ein Beiboot mit zwei menschenähnlichen Gestalten zu Wasser als Zeichen, dass wir mit den Bedingungen einverstanden sind. Derweil untersuchen wir mit den Unterwasserkameras den Rumpf und schauen, wo die Haftladungen angebracht wurden. Entsprechend können wir prüfen, welche Sicherheitsvorkehrungen wir noch treffen müssen, um das Boot nach einer eventuellen Explosion doch retten zu können."

„Worauf läuft das hinaus, Frank? Uns bleibt nicht mehr viel Zeit."
„Dann schalten wir DEMAGS ein, nachdem wir per Borddurchsage der Besatzung bekannt gegeben haben, dass kein Stromverbraucher mehr eingeschaltet sein darf. Fallen daraufhin die Sprengladungen vom Rumpf ab, starten wir sofort alle Maschinen und fahren mit voller Kraft Richtung Nord-Nord-Ost auf das russische U-Boot zu, das wir dort in der Nähe vermuten. Wir jagen die Apaches und die Reaper in die Luft, um den Standort des russischen U-Bootes aufzuklären. Parallel versuchen wir mit unseren technischen Möglichkeiten an Bord das Feind-U-Boot zu orten, was uns gelingen sollte. Daraufhin werfen wir an Wasserbomben ab, was wir haben und versuchen das U-Boot zu versenken. Gleichzeitig startet die Westland, die Oberleutnant Brennan und Commander McCord nach Hokkaido fliegt. Einsatz abgeschlossen."

Die Kameras fanden sehr rasch vier gewaltige Haftladungen, die beidseitig mittschiffs an die Bordwand geklemmt hingen. Der Schiffsingenieur stellte sofort fest, dass im Falle von nur zwei Explosionen die Yorktown umgehend sinken würde. Also war äußerste Vorsicht angesagt. Es folgte die Durchsage des Skippers. Wenig später wurde es völlig still und stockdunkel. Weil auch die Stabilisatoren elektrisch betrieben wurden, verspürten Nina und Peter plötzlich den sanften Wellengang, der das schwere Kriegsschiff ganz leicht ins Schwanken brachte.

Völlig unerwartet starteten plötzlich alle Maschinen. Das starke Brummen ließ auf Volllaststellung schließen. Ungefähr fünf Minuten lang ließen die Maschineningenieure die schweren Schiffmotoren im Leerlauf arbeiten, bis wieder eine völlige Stille eintrat. Alle Lichter flammten wieder auf und das Schaukeln ließ nach. Auf der Brücke waren die Nerven aller bis zum Äußersten angespannt. Der erste Offizier untersuchte zusammen mit dem Schiffsingenieur mit den Kameraaugen den Schiffsrumpf. Jubel brandete auf. Die beiden Männer klatschten sich ab.

„Und?"
„Die Haftladungen sind alle abgefallen, Skipper."
„Wunderbar, volle Fahrt voraus Kurs Nord-Nord-Ost. Horchposten die Umgebung nach russischem Jagd U-Boot absuchen."
„Eye Eye, Captain."

„Jetzt kriegen wir sie. Ihr lauft jetzt hoch zum Hubschrauberlandeplatz und steigt in den Westland ein. Der Pilot hat seine Befehle und wird euch zum Flugplatz der Amerikaner auf Hokkaido fliegen. Von dort aus geht es zur englischen Botschaft. Ab mit euch."

„Danke, Frank. Du hast etwas gut bei mir."

„Darauf komme ich zurück. Meine Frau und ich werden im Juni Urlaub in Schottland machen und wo gibt es den besten Whisky? Genau, in McCords Manor."

„Dann macht doch bei uns im Herrenhaus Urlaub. Mum and Dad freuen sich bestimmt."

„Ja, wir telefonieren, wenn das hier vorüber ist."

„Durchsage an Skipper. U-Boot in 150 Meter Tiefe geortet. Erwarte Befehle."

„Sofort Wasserbomben abwerfen."

„So, und ihr haut jetzt ab. Bis bald."

Im Laufschritt rannten Nina und Peter Sergeant O`Moley hinterher, die sie zum Flugdeck geleitete. Die heftigen Explosionen der Wasserbomben waren nicht nur akustisch vernehmbar. Man spürte auch die Druckwellen. Nach einem kurzen militärischen Gruß nahmen die beiden Agenten im Helikopter Platz, der sofort startete.

Wie es schien zeigte das Wasserbombenbombardement Wirkung. Als Peter rechts aus dem Hubschrauberfenster sah, bemerkte er einen großen Ölfleck auf der Meeresoberfläche. Ein deutliches Zeichen dafür, dass das U-Boot offensichtlich getroffen wurde. Eine Stunde später setzte der Helikopter auf Hubschrauber-Landeport der amerikanischen Airbase auf.

28

Kaum hatten Nina und Peter den Helikopter verlassen, der umgehend wieder abhob, rasten drei schwarze GM-Vans auf sie zu. Dem Führungsfahrzeug entstieg ein Major der amerikanischen Militärpolizei und hieß Nina und Peter herzlich willkommen.

„Hallo, Commander McCord, Oberleutnant Brennan. Ich heiße Sie herzlich willkommen auf dem amerikanischen Stützpunkt und gratuliere im Namen der US-Streitkräfte zum Erfolg Ihres Einsatzes."

„Danke, Major."

„Ich habe den Befehl, Sie und Miss Brennan sofort zur britischen Botschaft zu bringen."

„Ja, dann mal los.

Nina und Peter wurden in den mittleren Van gebeten, der offensichtlich gepanzert war. Sie hatten kaum in den bequemen Polstern Platz genommen, als sich der Tross in Bewegung setzte. Eine Dreiviertelstunde später erreichten sie das Botschaftsgelände. Der Major verabschiedete sich noch vorschriftsmäßig von seinen Gästen, bevor die drei Fahrzeuge das Botschaftsgelände wieder verließen. Nina und Peter standen nun völlig alleine da in ihren weißen Uniformen und wirkten wie zwei vereinsamte Eisbären auf der Suche nach einer Eisscholle im Eingangsportal der Botschaft. Doch der Pförtner hatte bereits den Vizekonsul informiert, der sogleich angelaufen kam.

„Herzlich willkommen auch im Namen des Botschafters, Miss Brennan und Mister McCord. Ich bin Vizekonsul Goldman. Kommen Sie herein und fühlen Sie sich bitte wie zu Hause. Wir haben für Sie zwei Zimmer hier im Haus reserviert. Sie können sich in Ruhe frisch machen und ein wenig ausruhen. Hier sind die Schlüssel. Sie finden Ihre Zimmer auf der dritten Etage. Dort ist der Lift. In zwei Stunden sind Sie meine Gäste zum Abendessen. Wir treffen uns hier an der Pförtnerloge."

„Hallo, Mister Goldman. Vielen Dank für Ihre freundliche Aufnahme. Können Sie uns bitte andere Kleidung besorgen. Jeans, Poloshirts und Turnschuhe?"

„Werde ich sofort veranlassen. Die frische Kleidung bringen wir Ihnen auf die Zimmer."

„Danke, Sir."

Nina hatte sich an Peters rechtem Arm untergehakt und bewegte sich halb schlafend wie in Trance neben ihm.

„Bist du müde, Nina?"

„Ich bin total kaputt. Ich gehe nachher nicht mit zum Essen. Bestell dem Vizebotschafter bitte meine besten Grüße und sag ihm, dass es mir nicht wirklich gut geht."

„Die Unterkühlung macht dir immer noch zu schaffen?"

„Ich glaube schon. Ich werfe mich jetzt ins Bett und schlafe. Weck mich bitte, wenn du weißt, wann wir nach Hause fliegen."

„Mach ich glatt. Bis später."

Auch Peter fühlte sich völlig kaputt. Er hoffte, nach einer Dusche und einem ordentlichen Kaffee wieder der Alte zu sein. Doch auch er fiel, als er nach dem Duschbad auf dem Bett lag, in einen tiefen Schlaf. Geweckt wurde er vom Botschaftsfahrer, der seine bestellten Kleidungsstücke und Schuhe brachte. Peter wollte sich noch eine halbe Stunde hinlegen, doch er fand nicht mehr zurück in den Schlaf. Er stand auf und prüfte, was man ihm an Bekleidung gebracht hatte. Alles passte auf Anhieb, was sicher der Tatsache geschuldet war, dass all seine Daten in einem streng geschützten Dokument gespeichert waren, wozu auch seine Konfektions- und Schuhgröße zählte. Um 18:30 Uhr fand sich Peter vor der Pförtnerloge ein. Auch der Vizekonsul war pünktlich anwesend, bedauerte jedoch, dass Nina nicht mit ihnen speisen wollte.

„Der Einsatz, Mister Goldmann, hat alles abgefordert, was wir zu leisten im Stande waren. Der ständige Kampf gegen die Kälte, die Natur und natürlich gegen unsere Widersacher fordert irgendwann seinen Tribut."

„Natürlich, Mister McCord, dafür habe ich vollstes Verständnis. Ich habe für uns im kleinen Salon eindecken lassen. Ist Ihnen das recht?"

„Natürlich, Sir. Ich folge Ihnen, wohin Sie möchten. Ich habe nämlich einen Bärenhunger."

Der kleine Salon befand sich in der ersten Etage. Der abhörsichere Raum im typisch englischen Stil lud zum Verweilen ein. Die dargebotenen Speisen waren vom Feinsten. Nach der Hauptspeise wurde Peter dann konkret.

„Kein Dessert mehr bitte, Mister Goldmann. Ein Kaffee wäre mir jetzt sehr angenehm. Können Sie mir schon sagen, wann und wie wir zurück nach London fliegen?"
Der Vizekonsul bestellte das Dessert ab und orderte Kaffee für zwei Personen.
„Ja, Ihre Buchungen sind eben reingekommen. Mister Sharp hat den Rücktransport geprüft und veranlasst. Sie werden morgen in der Früh um 06:30 Uhr mit einem firmeneigenen Jet von hier nach Tokio geflogen. Abfahrt hier ist um 05:30. Von dort aus geht es mit einem Linienjet der Britisch Airways direkt nach London. Der Flug dauert ca. 12 Stunden."
„Sehr gut. Ich werde Miss Brennan entsprechend informieren."

Als Absacker nahmen beide noch einen Whisky, mit dessen Herkunft Peter bestens vertraut war. Schließlich stammte er aus der Destillerie seines Vaters in Schottland.

Ganz leise klopfte Peter an Ninas Zimmertüre. Es dauerte eine ganze Zeit, bis sie diese einen Spalt öffnete.
„Ah, du bist es komm rein, Peter."
„Wen hattest du erwartet?"

„Weiß nicht. Ich bin immer noch müde."

„Hast du keinen Hunger? Dir fehlt sicher die köstliche Einsatzverpflegung aus Russland. Ich meine, du hättest zugenommen."

Peter hatte einen Moment nicht aufgepasst. Mit zwei schnellen Griffen legte sie Peter auf ihrem Bett flach. Blitzschnell saß sie rittlings auf ihm.

„Ich spare mir all meinen Hunger auf, damit es für dich im Helenas richtig teuer wird, großer Krieger."

Peter musste lachen.

„Ich bin froh, wenn wir endlich wieder zu Hause sind. Dieser Einsatz hat uns wirklich alles abverlangt. Bleib ruhig so sitzen. Gleich kommt Freude auf."

„Du bist ein echtes Ungeheuer, Peter McCord. Aber wenn ich so darüber nachdenke….."

„Nix da, wir nehmen jetzt noch eine Mütze Schlaf und dann geht es ab nach Hause. Dort können wir dann wieder ein wenig in meiner Bude toben."

„Das werden wir sicher machen. Ich freue mich schon drauf. Schlaf dich ordentlich aus. Alte Menschen brauchen viel Schlaf, vor allem wenn sie es mit so jungen, knackigen Mädels aufnehmen wollen."

Grinsend stieg sie von Peter herunter.

„Komisch, ich sehe hier kein knackiges Mädel. Eher eines mit leichtem Übergewicht."

Rasch verließ Peter Ninas Zimmer. So entging er gerade noch dem Bombardement mit großen Kissen.

29

Peter legte sich auf sein Bett. Er schloss die Augen und dachte an Nina. Sie war nicht nur ein wirklich hübsches Mädel, sondern auch eine sehr gute Agentin und ein wirklicher Rückhalt während des Einsatzes gewesen. Langsam döste er ein. Sein Handy hatte er als Wecker programmiert, damit er die Heimreise nicht verschlief. Doch dass ihn sein Handy bereits eine Stunde später aus den schönsten Träumen riss war nicht angedacht.

„McCord?", sprach er dem leuchtenden Display entgegen.

„Simon Sharp hier, hallo, Peter. Habe ich Sie geweckt?"

„Hallo, Sir. Ja, so könnte man es nennen. Aber wenn Sie anrufen, hat das meistens einen Grund."

„So ist es leider, Peter. Wie geht es Miss Brennan und Ihnen, Peter?"

„Soweit ganz gut. Vielen Dank übrigens für Ihre Bemühungen bezüglich unserer Rückreise. Nina kämpft immer noch mit den Folgen der heftigen Unterkühlung. Aber sie wird schon wieder. Wir starten morgen früh von hier durch Richtung Heimat, Sir."

„Ich weiß, Peter. Ich habe Ihre Rückreise von hier aus organisiert."

„Vizekonsul Goldman hat mir das erzählt. Ist etwas vorgefallen, Sir?"

„Leider ja, Peter. Die Company wird Sie keinen Millimeter auf Ihrer Heimreise unbegleitet lassen. Die Russen sind hinter Ihnen her. Nach Ihrer Flucht von der Yorktown wurde das Schiff von zwei MIG-

Jagdbombern angriffen und schwer beschädigt. 40 Besatzungsmitglieder wurden dabei getötet. Wenn nicht rein zufällig drei F18 Jets der Amerikaner den Vorfall beobachtet und die MIGs vertrieben hätten, wäre die Yorktown mit Mann und Maus versenkt worden. Und jetzt sind sie hinter Nina und Ihnen her. Wir tun alles, was in unserer Macht steht, um Ihre beider Leben zu schützen. Die Russen sind verdammt sauer darüber, dass Sie den Bunker gesprengt haben und danach auch noch eines ihrer Jagd-U-Boote versenkt wurde."

„Was ich gut verstehen kann. Es ist ein verdammt hartes und häufig lebensgefährliches Geschäft, das wir betreiben. Haben Sie schon Hinweise, was die Russen vorhaben, Sir?"

„Wir haben leider noch überhaupt nichts. Aus Russland wurden keine Destroyer oder Agenten in Marsch gesetzt. Wir vermuten, dass sie einen oder mehrere Schläfer aufgeweckt haben und das ist gefährlicher für Sie als alles andere. Gegner, die man kennt, lassen sich leichter bekämpfen als unbekannte Agenten. Ich habe sechs unterschiedliche Reisewege für Sie beide vorbereitet. Zwei Rückreisen werden sogar durch Doppelgänger von Ihnen durchgeführt. Eigentlich sollte alles gutgehen. Wenn Sie in London eingetroffen sind, kümmern sich unsere Fahrbereitschaft und der Personenschutz um Sie. Gute Reise, Peter."

Noch bevor Peter sich bedanken und antworten konnte, hatte sein Chef bereits das Gespräch beendet. Diese Art eine Kommunikation, zu beenden, war für ihn jedoch keinesfalls neu. Simon Sharp war halt so.

Peter legte sich wieder flach. Doch an einschlafen war jetzt nicht mehr zu denken. Ob sie wohl heil nach Hause kommen würden? Wenn Simon Sharp sogar Doppelgänger einsetzte, dann war die Situation mehr als brenzlig. Er dachte darüber nach, Nina in ihrem Zimmer zu besuchen, um sie zu informieren. Doch wahrscheinlich war es besser, wenn sie sich richtig ausschlief. Als sein Handy durch den Weckton die Nacht beendete, konnte er nicht sagen, wie lange er wirklich geschlafen hatte. Er fühlte sich völlig platt. Als er seine Augen öffnete, war es draußen noch stockdunkel. Peter verließ seine bequeme Schlafstatt. Im Bad rasierte er sich und putzte seine Zähne. Das angenehm warme Wasser in der Dusche weckte ihn vollends auf. Die von der Botschaft besorgte Unterwäsche, die Jeans, das Hemd wie auch der Blouson passten wie für ihn geschneidert. Gut gelaunt verließ er sein Zimmer. Es brauchte keine zehn Schritte bis er Ninas Zimmertüre erreichte. Er klopfte ohne eine Reaktion zu erhalten. Er klopfte erneut und etwas fester, doch weder ein Herein noch sonst ein Geräusch war vernehmbar. Hatte Nina etwa verpennt? Er war eine halbe Stunde früher als vereinbart zu ihr gegangen. Sachte legte Peter seine linke Hand auf den Türknauf und drehte ihn nach rechts. Lautlos öffnete sich die Türe. Dunkelheit empfing ihn. Sein geschulter Blick erfasste sofort, dass Ninas Bett leer war. Doch wo war sie? Er lief zum Bad. Vorsichtig schob er die Türe auf. Er wollte sich schon wieder abwenden, weil ihm völlige Dunkelheit entgegenschlug. Leises

164

Winseln und Stöhnen ließ ihn aufhorchen. Sofort drückte er auf den Lichtschalter. Nina lag völlig nackt auf dem Boden vor der Duschkabine. Sie schien genau in dem Moment, als sie die Dusche betreten wollte, von hinten niedergeschlagen worden zu sein. Peter handelte instinktiv und sofort richtig. Bevor er sich um Nina kümmerte, drehte er sich um. Um Ninas Schicksal zu entgehen rollte er über die rechte Schulter ab und holte auf diesem Weg den Mann von den Beinen, der Nina ausgeschaltet hatte. Dem Knacken wie auch dem Schrei nach zu urteilen hatte es eine Extremität des Angreifers erwischt. Peter packte noch einmal richtig fest zu, bevor er das Licht einschaltete. Ein noch sehr junger Japaner in blauer Latzhose lag mit schmerzverzerrtem Gesicht auf dem Boden und hielt sich den rechten Arm. Peter griff sofort zum Telefon und rief den Sicherheitsdienst. Nina torkelte aus dem Bad heraus.

„Alles ok, Nina?"
„Ja, geht schon. Was ist überhaupt los?"
Peter berichtete ihr vom Telefonat mit Simon Sharp.
„Was für eine Freude! Und dieser Vollpfosten hier sollte mich ausschalten? Was dem Typen sogar beinahe gelungen wäre. Soll ich ihn verhören? Ich habe da so meine Methoden."
„Geh du mal duschen, Nina, und mach dich fertig. Wir müssen hier schnellstens weg. Ich übernehme das."
Nina drehte etwas missgestimmt um und verschwand im Bad.

„So, Kollege, jetzt erzähl mir mal, für wen du arbeitest? Und keine Märchen, sonst breche ich dir auch noch den anderen Arm."

„Ich kenne meine Auftraggeber nicht persönlich, ehrlich. Vor etwas mehr als einem Jahr wurde ich angesprochen, ob ich nicht kleine Sonderaufgaben übernehmen wollte. Da war ich noch bei der Telefongesellschaft beschäftigt. Es ging vor allem darum, Gespräche mitzuschneiden. Ich hatte große Spielschulden und nahm den Job an. Der Verdienst war gut und ich konnte meine Schulden bezahlen. Dann hat man mir den Job hier in Botschaft angeboten unter der Maßgabe, dass ich jeden Job übernehme, den man mir überträgt. Dafür gab es dann gleich richtig mehr Geld. Gestern bekam ich einen Anruf. Mir wurde aufgetragen, Sie und Ihre Kollegin umzulegen. Ich sollte einen Bonus von zehntausend Pfund erhalten, wenn ich den Job zur Zufriedenheit erledigt hätte."

„Die Kohle kannst du dir abschminken. Du wanderst jetzt wegen versuchten Mordes in den Knast."

Peter hatte seinen Satz noch nicht ganz beendet als vier Mann der Haus Security Ninas Zimmer betraten, den Attentäter festnahmen und abführten. Als die Luft rein war, schlüpfte Nina aus der Nasszelle. Sie hatte keine Unterwäsche mit ins Bad genommen und hüpfte splitternackt durch den Raum.

„Sag mal, Nina, deine Klamotten hätten die Mitarbeiter der Botschaft ruhig mal bügeln können."

Peter prustete vor Lachen laut los. Nina griff sich ein Kissen und warf es nach ihm.

„Blödmann, du bist ja nur neidisch, weil du nicht mehr so taufrisch bist wie ich."

Sie grinsten sich beide noch einmal an. Nina streckte Peter die Zunge raus. Doch sie waren sich beide vollkommen bewusst, dass es sich lediglich um Galgenhumor handelte. Schließlich war Nina gerade einem Anschlag entkommen und es würde ganz sicher nicht der letzte bleiben.

30

Nina und Peter wurden in ein kleines Hinterzimmer der Botschaft gelotst, wo ihnen ein einfaches Frühstück serviert wurde. Vor dem Botschaftsportal fuhren derweil drei gepanzerte Landrover vor. Schwer bewaffnete Sicherheitskräfte sprangen aus dem Führungsfahrzeug sowie dem hinteren Van heraus und sicherten die Umgebung. Nach knapp fünfzehn Minuten verließen zwei gut bewachte und mit schusssicheren Westen und Helmen gesicherte Personen das Botschaftsgebäude. Ohne zu zögern sprangen sie sofort in das mittlere Fahrzeug. Die Sicherheitskräfte zogen sich ebenfalls in ihre Fahrzeuge zurück. Sogleich rollte die Kolonne los Richtung Flugplatz. Die eigentlich geplante entspannte Rückreise für Nina und Peter nach London war gecancelt. Jetzt zählte nur noch das nackte Überleben. Die organisierte Rückreise entwickelte sich zu einer lebensgefährlichen Flucht.

„Was denkst du, Peter, werden wir lebend zu Hause ankommen?"

„Wer weiß das schon. Zumindest wird alles für unsere Sicherheit unternommen."

Der kleine Toyota holperte ein wenig über das sanierungsbedürftige Pflaster der Nebenstraße.

Sie mussten beide höllisch aufpassen, damit sie die richtige Fahrstrecke wählten, weil keiner von ihnen der japanischen Sprache mächtig war. Auf die Hilfe eines Navis mussten sie verzichten, um nicht geortet werden zu können. Nach dreißig Minuten Fahrt erreichten sie den Golf-Club Hokkaido. Peter hielt dem Pförtner einen roten Zettel der Botschaft hin, der sie sogleich freundlich für die Weiterfahrt durch die Anlage einwies. Für ihn waren Gäste aus allen Herren Ländern nichts Besonderes. Peter gab Gas und schon nach wenigen Minuten erreichten sie den clubeigenen Hubschrauberlandeplatz. Peter ließ den japanischen Kleinwagen vor dem Hangartor ausrollen. Das große Rolltor fuhr augenblicklich hoch.

Zwei großgewachsene Asiaten, denen man eher einen Job als Türsteher oder als aufstrebende Sumo Kämpfer zugetraut hätte, lösten sich aus dem Schatten und nahmen Nina und Peter in Empfang. Die Begrüßung war freundlich, wenn auch zurückhaltend. Ein beinahe fabrikneuer schwarzer, sechssitziger Helikopter stand bereit. Wie von Geisterhand fuhr mit einmal das große Tor auf und der Hubschrauber rollte auf einer Schienen-konstruktion zu seinem Startplatz. Die beiden laufenden Kleiderschränke begleiten Nina und Peter zur Flugmaschine, deren Motoren bereits anliefen. Mit einem freundlichen Kopfnicken verabschiedeten sich alle voneinander. Die beiden Agenten nahmen sofort Platz, schnallten sich an und zogen ihre Kopfhörer über die Ohren. Schon zog der Pilot am Pitch und der Hubschrauber stob Richtung Himmel. Eineinhalb Stunden später landete der Helikopter ohne Zwischenfall auf einem speziellen Landeplatz des Flughafens Haneda in Tokio, der nur besonderen Gästen vorbehalten war. Eine Limousine mit zwei schwerbewaffneten Polizeibeamten nahm Nina und Peter in Empfang und brachte sie zum Flughafengebäude, wo sie der Sektionschef des MI6 in Empfang nahm. Nina und Peter erhielten jeder ein dickes, braunes Kuvert und noch ein paar Ratschläge, bevor sie mittels der Rolltreppe auf die erste Etage fuhren, um den Flugsteig der BA Maschine nach London Heathrow zu erreichen. Als die Boeing 747 der Britisch Airways von der Startbahn Richtung London abhob, winkten Nina und Peter dem Flieger kurz hinterher. Sie waren unter falschem Namen mit entsprechenden Pässen auf eine KLM Maschine gebucht worden und flogen vier Stunden später nach London, das sie sicher erreichten. Die gepanzerte Limousine von Simon Sharp nahm sie in Heathrow in Empfang. Viele Stunden später und unausgeschlafen saßen sie bei Simon Sharp im Büro, der wie sie beide auch, stark übernächtigt wirkte.

„Da sind Sie ja wieder. Hallo, Miss Brennan, hallo, Peter. Ich hoffe, Sie sind einigermaßen gesund und munter. Ich bin sehr froh, dass Sie den Einsatz

lebend überstanden haben. Der Erfolg jedenfalls ist
gigantisch. Mehrere russische U-Boote wurden
Dank der Zerstörung des Führungsbunkers von
NATO-Kräften aufgebracht und zur Umkehr in
russische Hoheitsgewässer gezwungen. Keine der
Überschallraketen konnte mehr getestet werden.
Deshalb sind die Russen auch mächtig sauer auf
Sie beide und vehement auf der Suche nach
Ihnen."

„Hallo, Chief, nun ich könnte Ihnen zwei Hände voll
an Staaten aufzählen, die ebenfalls nicht besonders
gut auf mich zu sprechen sind. Die Russen zählen
schon lange dazu."

„Hallo, Mister Sharp. Nach mir hat bisher noch
niemand gesucht, was sich aber wohl mit einmal
geändert haben dürfte."

Nina musste lachen wie auch Simon Sharp und
Peter.

„Sie stehen zurzeit bei den Russen ganz oben auf
der Skala „Unerwünschte Personen" und diesen
Status werden Sie so bald nicht mehr los. Im
Gegenteil: Sie gelten als Freiwild. Jedes Mitglied
des Geheimdienstes darf Sie töten und wird dafür
auch noch belohnt. Aber auch wenn dies etwas
scherzhaft klingen mag, ist höchste Vorsicht
geboten. Die Russen haben eine große Anzahl
Schläfer angeworben, die Sie jederzeit und überall
aktivieren können. Also bleiben Sie aufmerksam.
Was haben Sie jetzt vor?"

„Peter hat mir ein Riesensteak im Helenas
versprochen und anschließend eine Woche
Sonnenurlaub an der Algarve. Also, wenn nichts

dagegenspricht, machen wir eine Woche Pause nach dem Einsatz."

„Tja, Peter, so ein Riesensteak im Helenas kann verdammt teuer werden. Sparen Sie schon mal, damit Sie Ihre Kollegin satt bekommen."

Mit diesem Ausspruch sorgte der Chef des MI6 für eine sich lösende Stimmung.

„Ok, dann machen Sie mal eine Woche Urlaub. Wir bleiben auf jeden Fall in Kontakt. Nehmen Sie einen Wagen der Fahrbereitschaft und lassen Sie sich nach Hause fahren. Das gilt natürlich auch für Sie, Miss Brennan. Ob wir Sie allerdings so einfach in Urlaub an die Algarve reisen lassen können, muss ich noch genau prüfen. Die Russen können überall zuschlagen."

Nina und Peter verabschiedeten sich von ihrem Chef und nahmen den Lift in die Tiefgarage.

„Darf ich dich nachher abholen, Frau Kollegin?"

„Ja, aber sicher doch. Mir knurrt tierisch der Magen und dann werde ich schon mal meinen Koffer packen. Such uns ein Ziel an der Algarve heraus, wo es schön ist. Und komm mir jetzt bloß nicht mit: Ist alles sehr teuer dort."

„Ok. Frau Kollegin. Ich bin so gegen 18:00 Uhr bei dir. Einverstanden?"

Nina nickte kurz und gab ihm einen Kuss auf die Wange.

„Wehe du bist nicht pünktlich, alter Mann. Dann jage ich dich drei Stunden durchs Schwimmbad."

Lachend bestieg Peter den gepanzerten Jaguar seines Chefs, der ihm heute als Shuttle diente. In seiner Wohnung schien alles in Ordnung zu sein, als er die Türe öffnete. Er hatte bereits per App alle Räume kontrolliert und festgestellt, dass seine Wohnung nicht von ungebetenen Gästen besucht worden war. Er öffnete sogleich ein paar der Fenster, um kräftig durchzulüften. Sein überquellender Wäschekorb schrie nach Befreiung. Sogleich ließ er seine Waschmaschine arbeiten. Er selbst gönnte sich ebenfalls eine ausgiebige Dusche. Da noch ein paar Stunden Zeit übrig waren, die er für die Augenpflege nutzen wollte, stellte er seinen Wecker und legte sich hin. Augenblicklich war er eingeschlafen.

31

Ohne dem Wecker die Möglichkeit zu bieten, ihn aus seinen Träumen zu reißen, erwachte er von alleine kurz nach siebzehn Uhr. Peter stylte sich ein wenig auf und mit Himalaya von Creed wollte er Nina olfaktorisch besonders gefallen. Da seine Kollegin von einem Koffer sprach, den sie für den Urlaub vorgesehen hatte und den es zu transportieren galt, wählte er das Porsche Turbo Cabrio als Transportmittel aus.

Lässig lehnte er im Türrahmen der Studentenanlage, als Nina öffnete. Was er jedoch zu sehen bekam, raubte ihm beinahe den Verstand. Nina trug atemberaubend hohe Louboutin Sandaletten. Sie hatte frischen, kräftig roten Nagellack auf ihre Fuß- und Fingernägel aufgetragen. Das dunkelblaue Minikleid mit dem gewagten Rückenausschnitt sowie dem interessanten Dekollete schien ihr wie auf den Leib geschneidert. Ihr Designerrucksack passte nicht so ganz zu ihrem eher extravaganten Outfit. Peter stand wie angewurzelt im Türrahmen.

„Na, alter Mann, da staunst du, was? Mach besser den Mund zu, sonst holst du dir noch eine Mandelentzündung. Sei nicht traurig, wenn mich heute Abend nur junge, flotte Kerls zum Tanz auffordern. Senioren haben leider keine Chance. Ich möchte mich heute Nacht austoben.

Für dich gibt es heute neben dem Helenas in den Räumlichkeiten der Heilsarmee einen erquicklichen Bingoabend für Senioren. Zu gewinnen gibt es eine Heizdecke und jede Menge Haftcreme für die dritten Zähne. Also streng dich an. Die Dinger sind nicht billig."

Bevor Nina weiter unsinniges Zeug plappern konnte, nahm er sie in seine Arme und drückte ihr einfach seine Lippen auf ihren Mund. Es folgte ein inniger Kuss. Nina schmiegte sich wie eine Katze schnurrend an ihn heran. Sanft schob sie ihren Venushügel gegen seinen Unterleib, bis sie seine Reaktion spürte.

„Toben gibt es erst heute Nacht, mein Lieber. Zuerst möchte ich gut essen, lange tanzen, ein bisschen etwas trinken und dann vögeln wir uns durch den Rest der Nacht. Wenn du magst und es dir sicherer erscheint, kannst du natürlich gern deine SIG 226 auch im Bett im Holster anbehalten."

Nina begann zu lachen und löste sich aus Peters Armen, der ihr einen Klaps auf den Po gab.

„Damit du auf andere Gedanken kommst, darfst du jetzt meinen Koffer tragen."

Peter hatte bereits geahnt, dass Nina so einiges in den Urlaub mitnehmen wollte. Doch dass ihr Koffer solche Dimensionen annahm, hätte er sich nicht träumen lassen. Er öffnete das Faltdach des Porsches, um ihr Gepäck überhaupt transportieren zu können. Gemächlich cruisten sie der britischen Metropole entgegen, sangen gemeinsam Hits, die aus den Lautsprechern des Radios ihre Ohren streichelten und sie lachten viel. Peter war von Nina hin und weg und wie es schien, entwickelte auch sie eine Menge Gefühle für ihren Partner. Die frühabendliche Sonne, die sich in allen Chromteilen des Cabrios spiegelte, sorgte immer noch für eine richtige Wohlfühlatmosphäre. Lediglich eine Reflektion im Rückspiegel erzeugte in Peters Augen eine Disharmonie. Ein schweres Motorrad folgte ihnen, und das schon seit einiger Zeit.

„Was ist los, Peter? Denkst du, dass der Biker hinter uns nicht ganz koscher ist?"

„Ja er folgt uns schon eine ganze Weile. Allerdings versteht er sein Handwerk. Er lässt sich immer wieder zurückfallen."

Unbemerkt griff Nina in den Fußraum und zog ihren Rucksack hoch. Sie öffnete den Reißverschluss und zauberte eine Neunmillimeter Glock Pistole hervor.

„Soll ich ihn gleich von seiner Maschine schießen oder warten wir ab, was er vorhat?"

„Ich denke, wir stellen ihm erst einmal eine Falle und schauen, wie er reagiert. Wenn es nötig wird, darfst du ihn dann ausschalten."

„Ok, dann mal los."

Peter riss im letzten Moment an der folgenden Kreuzung das Lenkrad nach links, um abzubiegen. Normalerweise hätte der Kradfahrer jetzt keine Chance gehabt ihm zu folgen. Doch er tat es mit einem halsbrecherischen Manöver.

„Das gibt Ärger, Peter."

Nina lud ihre Waffe durch. Das Motorrad des Verfolgers war schnell, aber wohl auch sehr schwer. Auf der freien Landstraße gab Peter Vollgas. Die sechshundert PS des getunten Porsches sorgten für einen ordentlichen Zwischenspurt. Plötzlich wendete Peter mit einer haarscharfen Pirouette, die ihm nicht ganz so gelang. Er korrigierte kurz nach und raste auf ihren Verfolger zu. Der Biker hielt bereits eine kleine Maschinenpistole in seiner Hand. Er gab eine erste Garbe ab, die jedoch ihr Ziel verfehlte. Jetzt schoss Nina. Sie drückte dreimal ab. Der Motorradfahrer stürzte und rutschte sicher hundert Meter quer über den Asphalt.

Peter hatte bereits die Notfalltaste seines Kommunikationssystems gedrückt. In sicherem Abstand stoppte Peter sein Cabrio. Der Fahrer des Motorrades bewegte sich nicht. Nur wenige Minuten später vernahmen Nina und Peter die Sirenen ankommender Einsatzfahrzeuge. Vier Streifenwagen, ein Notarztfahrzeug und zwei zivile Fahrzeuge rasten herbei. Während die Polizeiwagen den Ort sicherten, trat ein Mann im dunklen Anzug an Peters Wagen heran.

„Mister McCord, Miss Brennan, mein Name ist Roger King vom MI6. Fahren Sie bitte gleich weiter. Wir kümmern uns hier um alles."

„Ok, danke, Mister King."

Peter startete den Motor und wendete. Ohne sich weiter der Angelegenheit annehmen zu müssen, fuhren Nina und Peter in seine Tiefgarage. Peter wuchtete Ninas Koffer in den Aufzug.

„Bist du jetzt noch in der Lage, Essen zu gehen oder soll ich eine Dose Ravioli aufmachen?"

„Ich habe Hunger wie eine Löwin. Das Essen mit dir lasse ich mir doch nicht von so einem Auftragskiller verderben."

Peter musste lachen. Doch er hatte auch bemerkt, dass Ninas rechte Hand ein wenig zitterte.

„Wie oft hast du geschossen, Nina?"

„Ich habe dreimal abgedrückt."

„Mal gespannt, ob du den Kerl getroffen hast oder ob er vor Schreck, als er dich gesehen hat, vom Bike gefallen ist."

Ohne Ankündigung und ansatzlos griff Nina zu und schleuderte Peter zu Boden.

„Wenn ich nicht sofort etwas zu essen bekomme, werde ich dich grillen. Obwohl, so altes Fleisch ist bestimmt zäh."

Lachend half sie Peter wieder auf die Beine, der allerdings auch in ihre Heiterkeit mit einfiel. Nina hatte sich zu einer echten Kampfmaschine gemausert, dessen war er sich bewusst und mit ihr würde nicht zu spaßen sein, wenn sie sich im Einsatz befand.

32

Es war bereits spät geworden, als sie sich auf den Weg zu Fuß ins Helenas aufmachten. Schon von weitem erkannte Peter, dass der Eingang heute mit vier Türstehern der Marke Schwergewichts-weltmeister besetzt war. Zwei von den Jungs kannte Peter, die jedoch hatten nur noch Augen für Nina. Tarik, der Chef der Truppe, nahm Peter beiseite.

„Die Chefin hat Informationen erhalten, dass ein Anschlag auf dich geplant ist. Wir haben überall Sicherheitskräfte platziert. Von euch sind auch einige Jungs hier."

„Danke, Tarik, ich weiß Bescheid."

Der kräftige Türke stand tief in Peters Schuld. Peter hatte seinen kleinen Bruder aus den Fängen einer Jugendgang befreit und ihm eine Lehrstelle als Mechatroniker besorgt, wofür Tarik ihm unendlich dankbar war. Dass Tarik ihm wieder freundlich auf die Schulter klopfte, was glatt einem leichten Niederschlag gleichkam, fand Peter allerdings weniger prickelnd.

In dem gewaltigen Nobel-Club herrschte für einen Donnerstag erstaunlich viel Betrieb. Die meisten Dancefloors waren gut besucht und überall zappelten junge wie auch ältere Besucher im Stakkato der Beats. Auch Nina tänzelte bereits, angesteckt von der Musik, auf ihren hohen Sandaletten hinter Peter her, der im hinteren Teil den Restaurantbereich ansteuerte. Peter erkannte sofort, dass zwei Plätze an der Speisetheke noch frei waren, die er gleich ins Visier nahm. Noch bevor er Platz nahm, drehte sich Nina zu dem Herrn um, der neben ihr an der Theke saß.

„Guten Abend, Mister Sharp, das ist aber eine echte Überraschung."

„Hallo, Miss Brennan. Ich wollte Ihnen doch einmal Gelegenheit bieten, mit einem erfahrenen Tänzer den Abend zu verbringen."

„Eine tolle Idee! Ich freue mich. Denn ob mein schlaffer Kollege es heute überhaupt noch bis zur Tanzfläche schafft, bezweifle ich ohnehin, Sir.

„Hallo, Chief, in der Tat eine echte Überraschung. Darf ich Sie ebenfalls zum Essen einladen?"

„Wenn Ihnen noch ausreichend pekunäre Mittel zur Verfügung stehen, nachdem Sie Miss Brennan satt bekommen haben?"

Peter musste aus tiefster Seele lachen. Nina hätte beinahe reflexartig ihren Chef vom Barhocker geschubst. Doch noch bevor sie ansatzweise zugreifen konnte, standen bereits vier Bodyguards neben ihr. Simon Sharp musste ebenfalls lachen und auch Nina gefiel der Spruch.

„Chief, wenn Ihnen das Leben Ihrer Personenschützer lieb ist, legen Sie sich nicht mit Miss Brennan an."

„Ich weiß, Peter. Da sind wir gleich beim Thema. Der Motorradfahrer ist Operativmitglied des russischen Geheimdienstes und wohnt in der russischen Botschaft. Miss Brennan hat ihn zweimal getroffen. Ein Projektil hat die Vorderfelge beschädigt und ihn zu Fall gebracht. Gute Arbeit, Miss Brennan. Die beiden Körpertreffer sind nicht lebensbedrohlich. Wir werden ihn vernehmen und hören, was er uns zu erzählen hat."

Peter hörte zwar mir einem Ohr mit, was sein Chef erzählte, bestellte jedoch gleich drei große Steaks bei Helena, die sich wie gewöhnlich unbemerkt zu ihnen gesellt hatte und Peter herzte.

Qualität und Zubereitung der Speisen war wie gewohnt hervorragend. Peter orderte zum Dessert noch drei Fruchteisbecher ohne Sahne und jede Menge Espresso. Sehr schnell hatten sich Nina und Peter daran gewöhnt, dass ihr Chef Simon Sharp anwesend war. Rasch entpuppte sich der MI6 Chef als äußerst humorvoller und freundlicher Gesprächspartner, der sich für alle möglichen Themenbereiche interessierte. Unter den aufmerksamen Augen seiner Bodyguards tanzte Simon Sharp sogar mit Nina, die es sichtlich genoss mit zwei Männern unterwegs zu sein. Gegen kurz vor drei in der Nacht mahnten die ersten Gähner langsam nach Hause aufzubrechen. Simon Sharp bot seinen beiden Agenten an, sie nach Hause zu bringen. Doch Nina und Peter wollten unbedingt laufen. Der Chef des MI6 zeigte sich von diesem Entschluss nicht besonders begeistert, ließ die beiden jedoch ziehen. Peter wurde allerdings das Gefühl nicht los, das der eine oder andere Schutzengel in Reichweite hinter ihnen herlief.

Nina zog nach der Hälfte der Wegstrecke ihre Sandaletten aus und lief barfuß. Sie hatte sich den Abend über ein paar Gläschen Prosecco gegönnt. Peter hingegen hatte den ganzen Abend Alkohol gemieden. Entsprechend gut war ihre Stimmung. In Peters Wohnung angekommen verschwand sie sofort im Bad. Peter duschte derweil im Gästebad. Als er das Schlafzimmer betrat, schlief Nina bereits wie ein Blütenmeer duftend tief und fest. Es war sicher nicht das gute Essen und noch weniger die vielen Tänze, die er mit Nina absolvierte, die ihn nicht in den Schlaf finden ließen. Er dachte an den Motorradfahrer, der ihnen heute beinahe das Lebenslicht ausgepustet hatte. Welche heimtückischen Attacken hielten die Russen noch für sie bereit? Warum tat er sich das alles überhaupt noch an? Er entstammte einer der reichsten Adelsfamilien Schottlands. Die Whisky-Brennereien, die Pferdezucht, die Ferienwohnungen und die gemischten Erträge aus den Ländereien hatten seine Familie über Generationen sehr reich werden lassen. Sein Vater hatte ihn schon häufiger gefragt, ob er nicht mit einsteigen wollte, um seinen jüngeren Bruder zu unterstützen. Immer hatte er abgelehnt. Doch jetzt kam er ins Grübeln. Lag es an Nina, in die er sich richtig verliebt hatte? Wollte er jetzt auch eine Familie gründen wie sein Bruder? Fragen über Fragen. Irgendwann schlief er dann auch völlig übermüdet ein.

33

Kurz vor neun in der Früh erwachte er. Den Geräuschen nach zu urteilen, die Nina von sich gab, schlief sie noch immer wie ein Murmeltier. Peter drehte sich noch ein paar Mal hin und her, bevor er aufstand und duschte. Er zog sich an, startete seinen Kaffeeautomaten. Mit dem Lift fuhr er ins Erdgeschoss, um zu schauen, ob der MI6 ihm bereits die Reiseunterlagen zugestellt hatte. Der Pförtner lächelte, als er Peter erkannte und händigte ihm einen großen braunen Umschlag aus. Peter bedankte sich und fuhr gleich wieder nach oben. Als er die Tür aufschloss wehte ihm frischer Kaffeeduft entgegen und das Rauschen von Wasser in der Dusche war vernehmbar. Er entnahm dem Froster ein paar Scheiben Toast und ließ sie vom Toaster aufbacken. Marmelade und Honig, selbst hergestellt auf McCords Manor, stellte er auf den Küchentisch. Nina hatte sich lediglich in ihr Badetuch gewickelt. Frech grinsend tänzelte sie auf Peter zu.

„Guten Morgen, großer Krieger, hast du auch so gut geschlafen wie ich?"

„Morgen, Nina. Ich habe schon besser geschlafen."

„Es lag doch hoffentlich nicht an der horrenden Bewirtungsrechnung von letzter Nacht?"

„Könnte sein, du hast aber auch zugeschlagen."

„Also, unser Chef kann aber auch ordentliche Portionen verdrücken. Es war ein traumhaft schöner Abend nach diesem beschissenen Tag und vor allem dem harten Einsatz. Ich bin froh, dass jetzt alles vorüber ist."

„Da stimme ich dir zu. Aber in unserem Gewerbe muss man lernen, schnell zu leben. Jeder Tag kann dein letzter sein."

„So sehe ich das mittlerweile auch. Was macht denn eigentlich unsere Urlaubsplanung?"

„Wir fliegen heute um 18:10 Uhr mit einem Touritransporter von Ryanair nonstop nach Faro. Wir werden mit einem Shuttle des Hotels vom Flughafen abgeholt und wohnen im Pinecliffs in

einem Bungalow der Sheraton Hotelkette. Du bist mein Gast, allerdings eingeteilt für Frühstück machen, kochen, Betten machen und Haus putzen. Außerdem Füße kraulen und mindestens einmal pro Tag eine entspannende Ganzkörper-Massage."
Peter grinste nur.
„Das wüsste ich aber. Diesmal wirst du mich eine Woche lang nach Strich und Faden verwöhnen, Mister McCord. Du kannst schon einmal üben. Wo bleiben mein Kaffee und der frische Toast, Sklave?"

Eine gute halbe Stunde frühstückten sie. Danach verschwand Nina im Tiefgeschoss, wo sie im SPA-Bereich etwa hundert Bahnen in verschiedenen Disziplinen schwimmen wollte. Peter erledigte derweil einige Telefonate und packte seine Reisetasche für den Kurzurlaub an der Algarve. Als er alles verpackt hatte, warf er sich in seinen Polstersessel und öffnete das braune Kuvert. Darin fand er zwei Pässe. Nach Portugal reisten sie als Ehepaar Langley aus Southampton. Nina hieß für die Dauer des Aufenthaltes jetzt mit Vornamen Kati und er Jonathan. Peter war gespannt, ob sich Nina rasch an diese Verwandlung gewöhnen würde. Er kannte diese Art der Tarnung bereits aus vielen Einsätzen.

Gegen Mittag beendete Nina ihr Schwimmtraining. Wenig später stand sie vor Peters Wohnungstüre.
„Hereinspaziert, Nina, hast du Hunger?"
„Ja, löwenmäßig."
„Was hältst du von Fisch? Wir können in Eddys Fischpalast gehen."

„Hört sich lecker an. Ist der Laden gut?"
„Eddy macht tolle Fischspezialitäten. Ist nicht ganz billig, dafür aber sehr lecker."
„Worauf warten wir dann noch?"
„Auf die Waffenausgabe. Nimmst du wieder deine Plastik-Glock?"
„Ja klar, gib sie her."

Sie verließen den Wohnkomplex unauffällig durch den Hinterausgang. Zehn Minuten später betraten sie den Fischpalast. Ein passender Tisch in einer der Nischen war gleich gefunden. Es gab keine Speisekarte. Nur eine Getränkekarte wurde gereicht. Eine freundliche Bedienung schob die Tafel mit den per Hand aufgelisteten Tagesgerichten heran und nahm ihre Getränkebestellung entgegen. Peter nahm als Vorspeise Grüne Muscheln im Kräuter-Weinsud gekocht und als Hauptgericht gegrillte Nordseezunge mit Süßkartoffelrösti und Brokkoli. Nina entschied sich als Vorspeise für gebratene Riesengambas und als Hauptspeise wählte sie gebratenen Seelachs mit Salzkartoffeln, Buttersauce und einem grünen Salat dazu. Mit einer großen Flasche Pellegrino und zwei Glas trockenem Riesling komplettierten sie ihr Festmahl.

Peter hatte nicht zu viel versprochen. Die Qualität der Speisen war einfach genial.
„Bin ich jetzt satt. Aber es hat sehr gut geschmeckt. Wann werden wir eigentlich abgeholt?"

„Kurz vor fünf. Harry, Sharps Chauffeur, fährt uns mit dem gepanzerten Jaguar vom Chef zum Flughafen."

„Standesgemäß, oder etwa nicht?"

„Wenn du es sagst, Frau Langley. Mir ist das eigentlich egal. Bei mir hat die Sicherheit Vorrang."

„Da hast du allerdings recht. An den Vornamen Kati muss ich mich noch gewöhnen, Jonathan Langley."

34

Als die in blau-weiß gehaltene Boeing 737-800 ihr Fahrwerk einzog, legte Nina ihren Kopf an Peters Schulter und schloss ihre Augen, was Peter keinesfalls als unangenehm empfand. War er jetzt wirklich auf dem Familientrip? Er musste nach-denken. Wäre Nina die richtige Wahl als Ehefrau? Schließlich war er der dritte Thronfolger Schott-lands und gehörte zum Hochadel in England. Doch er legte auf Adelstitel überhaupt keinen Wert. Über seine Reflektion zu seinem Stand in der Hierarchie des schottischen Adels schlief er ein. Erst als der Druck in den Ohren zunahm, während der Flieger seine Reiseflughöhe verließ, erwachten sie beide. Nina reckte und streckte sich, soweit dies die Enge der Sitzreihen zuließ. Auch Peter versuchte seine müden Muskeln wieder aufzuwecken.

Peter sortierte ihr Gepäck auf eine Handkarre und steuerte die Arrival Area an. Schon von weitem erkannte Nina das Schild des Fahrers der Sheraton Group, auf dem ihr Name stand. Der freundliche, kleine Herr führte Nina und Peter zu einem komfortablen Mercedes Sprinter.

Noch während die beiden auf der mittleren Sitzbank ihre Gurte anlegten, brauste der Van bereits los. Fünfundvierzig Minuten später erhielten Nina und Peter die Schlüssel ihres Bungalows.

Nina trat auf die kleine Terrasse und schaute auf den in der gleißenden Sonne dümpelnden Atlantik hinunter.

„Ist das hier schön, Schau mal, Pe..., ehh Jonathan."

„Ja, Kati, deshalb habe ich dich hierher entführt. Soll ich von der Company zwei Pistolen für uns bestellen?"

„Meinst du, die Russen stöbern uns hier auf?"

„Das kann durchaus sein. Der Geheimdienst ist sehr gut vernetzt. Ich rufe direkt Simon Sharp an und bitte um zwei Pistolen."

Eine Stunde später überbrachte ein Taxifahrer ein Eil-Paket aus Portimao. Dem Gewicht nach zu urteilen enthielt es zwei Waffen mit Holstern und ausreichend Munition. Peter öffnete das Paket. Zu den beiden fabrikneuen Glock-Pistolen gehörten jeweils drei gefüllte Magazine.

Kurz vor Mitternacht im Schein des Vollmondes unternahmen Nina und Peter ihren ersten Strandspaziergang. Da es an der Algarve abends häufig abkühlte, trugen beide Jacken, unter denen sie ihre Waffen verstecken konnten. Der lange Holzsteg, der vom gläsernen Aufzug des Hotelgartens direkt zum Strand führte, wurde ausreichend beleuchtet. Nur ganz wenige Menschen teilten mit ihnen die Passion, nachts barfuß durch den kühlen Sand zu laufen. Nach etwa fünfzehn Minuten Fußweg erreichten sie die Strandanlage des Nachbarhotels.

„Nicht umdrehen, Nina, wir werden verfolgt. Es sind drei männliche Jugendliche, wenn ich die Situation richtig einschätze."

„Kein Problem. Lass uns dort auf den Liegen Platz nehmen und ein wenig auf den Atlantik hinausschauen. Ob wir durch unseren Einsatz auch von hier alle russischen U-Boote vertrieben haben?"

„Ich denke schon. Wir haben immerhin die Leitstation vernichtet. Bis sie diese neu aufgebaut haben, wird eine lange Zeit vergehen."

Die drei jungen Männer stellten sich direkt vor Nina und Peter und blickten sie grimmig an.

„Ihr seid nicht aus Glas, meine Herren. Also zieht bitte weiter eures Weges."

„Wir wollen aber nicht weiterziehen, sondern deine Chica ficken, Arschloch."

„Ohh, welch gewählte Ausdruckweise!"

„Halts Maul, Arschloch. Während ich dir jetzt die Eier abschneide, fangen die Kumpels schon mal mit deiner Freundin an."

„Bitte tut das nicht."

„Schaut mal, er hat Angst um seine kleine Freundin."

Nina erhob sich ganz langsam von der Strandliege.

„Angst um meine Freundin? Unsinn, ich habe Angst um euch Drei."

Die drei jungen Männer, die alkoholisiert schienen, gehörten ganz sicher nicht der einheimischen Bevölkerung an. Ihre Aussprache war von einem stark osteuropäischen Akzent geprägt. Peters Ausspruch hatte sie dermaßen erheitert, dass sie sich beinahe an ihrem eigenen Gelächter verschluckten. Der Mann, der Nina am nächsten stand, packte sie und griff ihr in den Schritt. Was dann jedoch folgte, ließ das Gelächter der Männer in ihren Kehlen ersticken. Nina drehte sich um ihre eigene Achse, hob ihr linkes Bein und ließ es gegen den jungen Mann schnellen. Mit ihren Armen legte sie auch gleich die Nummer zwei flach. Der dritte im Bunde wollte fliehen. Doch Nina bewegte sich deutlich schneller und schlug zu. Jetzt stand auch Peter von der Liege auf.

„Tja, Jungs, ich habe euch gewarnt. Ihr wolltet ja nicht hören. Und wer nicht hören will, muss halt fühlen."

Alle drei Männer lagen mit blutverschmierten Gesichtern und gebrochenen Nasen im Sand.

„Dir werde ich es zeigen, Schlampe!"

Der Redeführer des Herrentrios rappelte sich auf und zog ein Springmesser aus seiner Jeans.

Doch noch bevor er damit Unheil anrichten konnte, trat Nina erneut konsequent zu, was ihm den Bruch des rechten Mittelfingers einbrachte. Mit schmerzverzerrtem Gesicht ging er in die Knie.

„Komm, Jonathan, hier ist es mir nicht romantisch genug."

Nina nahm Peter an die Hand und zog ihn von den Liegen weg.

„Meinst du, jemand hat uns die drei geschickt, um uns umzulegen?"

„War das jetzt dein Ernst, Nina? Du hast die drei Burschen ja alleine ausgeschaltet. Solche Dilettanten haben die ganz sicher nicht auf ihren Gehaltslisten. Die Jungs vom russischen Geheimdienst sind da ein ganz anderes Kaliber."

„Ich habe einen Scherz gemacht, Peter. Komm gehen wir zurück ins Hotel."

Als sie später zusammen im Bett lagen, kuschelte sich Nina an Peter heran. Sie genoss sichtlich Peters Nähe. Er zog sie in seinen Arm und küsste sie sanft.

„Wow, was war das jetzt, Peter?"

„Für mich bist du mittlerweile viel mehr als eine Kollegin, Nina."

„Heißt das, dass du dich auch in mich verliebt hast?"

„Also, auf jeden Fall fühle ich mich sehr zu dir hingezogen."

„Du hast Probleme deine Gefühle zu äußern, stimmt`s, großer Krieger?"

„So ein wenig schon, ja."

„Und wie stellst du dir das weiter vor?"

„Ich weiß es auch nicht so recht. Vielleicht hänge ich meinen Job beim MI 6 an den Nagel und nehme eine Aufgabe auf McCord Manor an. Du könntest als Flugzeugingenieurin in Schottland arbeiten, bis wir ein Kind bekommen."

„Langsam, langsam, Peter, du bist ja schon vier Schritte weiter als ich je gedacht habe. Du möchtest eine richtige Familie gründen?"

„Ja, und ich denke, das könnte mit uns beiden klappen."

35

Ninas Kopf verschwand unter Peters Decke. Es dauerte nicht lange und er spürte eine feuchte Wärme genau dort, wo er es besonders liebte. Obwohl er eigentlich sehr müde war, kehrten rasch seine Lebensgeister zurück. Nina packte fest zu. Eine pralle Erektion war seine Reaktion. Peter stand kurz vor einer gewaltigen Explosion, was ihr nicht entgangen war. Mit einmal warf sie die Decke weg und stürzte sich wie eine wilde Rodeo-Reiterin auf ihn. Sie brauchten beide nicht lange, bevor sie ein gewaltiger Orgasmus total entspannte. Alle Entbehrungen, alle Ängste und Schmerzen der letzten Tage waren plötzlich verschwunden. Fest aneinander geschmiegt schliefen sie ein.

Zwei Sonnenstrahlen bahnten sich ihren Weg durch die Gardinen und kitzelten Peter an der Nase, sodass er aufwachte. Er verspürte Appetit auf ein leckeres Frühstück. Vorsichtig und sanft entwirrte er den Knäuel aus Armen und Beinen, in den Nina ihn wie eine Spinne eingewebt hatte. Peter duschte, streifte sich ein weißes T-Shirt und eine Bermuda Shorts über und verließ das Haus Richtung Supermarkt. Wenig später kehrte er mit zwei großen Tüten zurück. Stille schlug ihn entgegen, als er die Türe aufschloss. Sofort bemächtigte er sich der wohl sortierten Mücheneinrichtung. Er setzte Kaffee auf und schlug acht Eier mit ein wenig Milch,

Salz und Kräutern auf. Mit wenigen Handgriffen deckte er den kleinen Tisch auf der Terrasse mit dem wundervollen Blick auf den Atlantik ein. Peter wollte schon nach Lady Brennan schauen, als er zwei Hände spürte, die sich um seinen Hals schlangen.

„Du schläfst ja noch, Nina. Geht es dir gut?"

„Sehr gut sogar. Außer das ich Hunger habe."

„Das kenne ich ja nicht anders von dir. Frühstück ist fertig."

Schnell verschwand Nina im Bad. Mit einem Satz sprang sie unter die Dusche. Nur mit einem T-Shirt bekleidet setzte sie sich an den Frühstückstisch. Peter war ein wenig erstaunt, dass sie so einsilbig vor ihm saß und auf ihr Brötchen starrte.

„Alles ok bei dir, Nina?"

„Ja, dein Frühstück ist einfach toll. Ich habe noch nie einen Mann kennengelernt, der mir ein solches Frühstück zelebriert hat."

„Es freut mich, dass es dir schmeckt."

„Du, Peter, ich habe über deine Worte von gestern Abend nachgedacht. Ist das wirklich dein Ernst?"

„Du meinst jetzt meine Pläne für eine gemeinsame Zukunft? Ja, mit so einem Thema spaße ich ganz sicher nicht herum."

„War das jetzt so ein versteckter Heiratsantrag von dir?"

„So etwas wie die Vorstufe dazu, ja, Nina."

Nina wollte sich zu Peter herüberbeugen, um ihm einen Kuss zu geben, als ein Lichtblitz ihre Aufmerksamkeit erregte.

„Was war das, Peter?"

„Eine Lichtbrechung, durch eine Spiegelung entstanden, vermute ich."

„Da unten dümpelt ein Motorboot herum. Wahrscheinlich hat sich die Sonne in der Frontscheibe gespiegelt. Jetzt fährt es weg."

„Wir müssen wirklich sehr aufpassen. Ich glaube nicht, dass uns die Russen so einfach in Ruhe lassen werden."

Nina beugte sich erneut herüber und küsste Peter.

„Ich denke über deinen Antrag nach, Peter. Auf jeden Fall habe ich mich sehr darüber gefreut."

„Was machen wir denn heute?"

„Ich möchte gern ein wenig an der Westküste surfen. Laut Internet gibt es hier phantastische Möglichkeiten."

„Das stimmt, ich weiß auch, wohin wir fahren müssen. Bretter und Anzüge können wir vor Ort leihen. Ich bestelle für uns einen Mietwagen."

Peter telefonierte kurz. Eine Stunde später brachte ein Mitarbeiter einer Autovermietung das von ihm bestellte Fahrzeug. Um sicher zu gehen, dass der Mercedes GLE 350d nicht vom russischen Geheimdienst präpariert wurde, telefonierte Peter erneut. Der Wagen war clean und wurde vom MI6 überprüft.

Eine gute Stunde benötigten sie über die Autobahn A22, bis sie diese hinter Lagos in Richtung Sagres verließen. Peter fuhr auf die N 120 Richtung Sagres. Von da aus fuhren sie über Vila Do Bispo zur Westküste. Peter ließ den Wagen auf dem Parkplatz ausrollen. Sogleich genossen sie den gigantischen Ausblick auf den Atlantik mit seinen gewaltigen Wellen, auf denen wagemutige Surfer dem Strand entgegen ritten. Nina war sofort aus dem Wagen gesprungen. Sie bewegte sich gleich auf einen Pulk jugendlicher Surfer zu, die ihr zeigten, wo sie einen Neoprenanzug und ein Brett leihen konnte. Peter plante für heute einen faulen Tag ein. Kurzerhand mietete er einen Liegestuhl mit Schirm. Nina hatte gleich Anschluss gefunden. Die amerikanischen Mädels und Jungs integrierten sie sofort in ihre Gruppe. Gut eineinhalb Stunden später trabte sie ein wenig zitternd ob des kalten Atlantiks auf Peter zu. Nass und kalt wie sie war warf sie sich lachend auf Peter, der aufgrund der stürmischen Attacke zusammenzuckte.

Nina griff nach ihrem Badetuch. Ohne Skrupel nutzte sie Peter als bequeme Unterlage, der seine Hände frech auf ihrem Po ablegte. Mit einmal wurde es ganz ruhig am Strand. Auch die jungen Leute genossen die Mittagsstunden in der Sonne und legten eine lange Pause ein. Für einen Strandspaziergang ohne Schuhwerk war der Sand allerdings viel zu heiß.

Gegen sechzehn Uhr startete die Truppe erneut durch und in die Fluten des Atlantiks. Peter kramte das Fernglas aus seiner Strandtasche, nachdem er Nina eine Zeit lang nicht mehr mit bloßem Auge gesehen hatte. Mit Schwung erhob er sich von der Liege. Er stellte sich so unter den Schirm, dass er optimal den Horizont überblicken konnte. Plötzlich erkannte er ein Motorboot. War dies nicht das gleiche Boot, das bereits am Morgen vor ihrem Hotel im Meer dümpelte? Mehrfach stellte er das

Glas scharf, um die Aktivitäten an Bord zu kontrollieren. Das Boot schien hinter der Wellenwand vor sich hin zu treiben. Zwei kräftige Männer konnte Peter ausmachen, die mit länglichen Gegenständen herumhantierten. Peter stockte der Atem. Die länglichen Gegenstände waren Sniper-Gewehre. Er musste versuchen, Nina zu warnen. Doch weder das Schwenken mit den Armen noch lautes Rufen ließen Nina auf ihn aufmerksam werden. Einer der Männer lenkte das Boot ganz aus den Wellen heraus, während der Zweite sein Gewehr vorbereitete. Peter schwenkte immer mehr die Arme, doch Nina konnte ihn nicht sehen. Die Wellen schlugen meterhoch. Die einzige Chance, nicht getroffen zu werden, lag jetzt darin, dass der Schütze seine Waffe nicht ruhig würde halten können. Doch Peter verwarf diesen Gedanken. Die Russen schickten ganz sicher Vollprofis, die mit solchen Unwägbarkeiten umzugehen wussten. Peter sah, wie der Schütze die Waffe anlegte und an der Frontscheibe des Bootes auflegte. Nina jagte derweil mit ihrem Board durch die Wellen. Sie tauchte ab und wieder auf. Doch plötzlich sah er Nina nicht mehr. Auch das Motorboot war verschwunden. Peter wurde beinahe wahnsinnig vor Sorge. Dann rannte er los, griff sich ein Board und stürzte sich damit in die Flut. Peter war ein geübter Schwimmer. Wie von Sinnen ruderte er der Stelle entgegen, wo er Nina das letzte Mal gesehen hatte. Doch konnte man das im Wasser überhaupt sagen? Der Atlantik war riesig und die optische Täuschung vom Strand aus sehr groß. Er paddelte nach links, dann nach rechts, bis er Nina auf ihrem

Surfbrett liegend, sah. Er nahm alle Kraft zusammen und bewegte sich auf sie zu. Seine Bemühungen schienen eine Ewigkeit zu dauern. Doch dann hatte er ihr Brett erreicht. Nina blutete stark an ihrer linken Körperseite. Wo genau konnte Peter noch nicht feststellen.

„Halt dich fest, Nina. Ich schwimme gemeinsam mit dir zurück zum Strand."

Zwei der Mädels aus Ninas Surfer Truppe schwammen herbei und halfen Ninas Brett an den Strand zu bringen. Eines der Mädchen hatte gerade ihr Medizinstudium abgeschlossen und versorgte die Wunde. Peter holte den Verbandkasten aus dem Wagen und mimte den Helfer.

„Das sieht aus wie eine Schussverletzung."

„Das ist eine Schussverletzung, Mary. Die Leute auf dem Motorboot haben auf Nina geschossen."

„Ist glücklicherweise nur eine Fleischwunde. Ich lege einen Verband, den du aber heute Abend noch wechseln musst, Peter, damit wir eine Wundinfektion vermeiden. Ist Nina Tetanus geimpft?"

„Ganz sicher, Mary. Ich schaue im Hotel in ihren Impfpass hinein. Falls nicht, holen wir die Impfung hier nach."

„Alles klar. Aber wer um alles in der Welt schießt hier auf Surfer?"

„Surfgegner?"

„Aber wieso? Wir tun doch hier draußen keiner Seele etwas zu Leibe. Es hat etwas mit euch beiden zu tun. Habe ich recht?"

„Ja, Mary, aber mehr darf ich dir dazu nicht sagen."

„Dann kommt gut nach Hause und lasst euch nicht mehr von den Typen erwischen."

Nina war hart im Nehmen und verabschiedete sich von allen. Die Wunde schmerzte stark. Doch sie war glücklicherweise nicht lebensbedrohlich.

36

„Du hast verdammtes Glück gehabt, Nina. Das Projektil hat haarscharf deine linke Brust gestreift. Es ist sogar leicht in deinen Körper eingedrungen. Das war sehr knapp. Die Attentäter waren Profis. Bei dem Wellengang überhaupt zu treffen ist schon eine Meisterleistung. Möchtest du nach Hause fliegen?"

„Auf gar keinen Fall! Wir müssen uns halt vorsehen. Beim nächsten Mal brenne ich den beiden Männern eins auf den Pelz. Ob die beiden so viel Glück haben wie ich, wird sich dann noch herausstellen."

„Ok, warten wir es ab. Ich habe starke Schmerztabletten in meiner Tasche. Möchtest du eine Tablette haben?"

„Von wegen, die machen doch bestimmt total müde. Ich habe Hunger und möchte von dir zum Essen ausgeführt werden."

„Du bist auch nicht klein zu kriegen."

Peter führte Nina zu Antonio, einem typisch portugiesischen Restaurant, aus. Sie aßen frische, gegrillte Seezunge und vorher grüne Muscheln im Weinsud. Dazu gab es viel Mineralwasser und eine Flasche Vinho Verde. Nina wirkte ein wenig blass und mundfaul. Ob sie Schmerzen hatte, ließ sich ohne Rückfrage nicht ergründen. Außerdem wirkte sie nachdenklich.

„Alles ok bei dir, Nina?"

„Geht so."

„Hast du Schmerzen?"

„Ja, ein wenig schon. Ich bin auch irgendwie total müde und kaputt."

„Du hast ja heute auch reichlich Sport getrieben und dann der Blutverlust durch die Verletzung. Sollen wir nicht doch ins Krankenhaus fahren und dich von einem Arzt untersuchen lassen?"

„Besser nicht. Sie werden nur Fragen stellen, die wir nicht beantworten dürfen. Ich lege mich gleich ins Bett und schlafe mich gesund."

„Ich werde bei dir sein und auf dich aufpassen."

Nina schaute Peter anders an, als sie ihn sonst betrachtete. Irgendwie fehlte ihr freches Grinsen. Sie schob beide Hände zu Peter herüber und legte seine rechte Hand in ihre. Nina schaute Peter ganz tief in seine Augen.

„Ich habe über deine oder besser unsere Pläne für eine gemeinsame Zukunft nachgedacht. Das klingt alles sehr verlockend. Wir könnten uns frei bewegen ohne Angst vor Anschlägen haben zu müssen."

Nina lächelte Peter an, der ihr jetzt auch in ihre Augen schaute. Was er allerdings dort in der Spiegelung sah, gefiel ihm überhaupt nicht. Mit einem heftigen Stoß stieß er Nina von ihrem Stuhl. Dreimal vernahm er die typischen Ploppgeräusche, die schallgedämpfte Langwaffen verursachten, wenn sie abgefeuert wurden. Eine Frau am Nebentisch brach blutüberströmt zusammen. Peter kroch auf allen Vieren unter den Stühlen her. Dann sah er den schwarzen Kia Kombi, aus dessen Heckklappe der Lauf eines Sniper-Gewehrs herausragte. Peter sprang auf und rannte auf die Straße. Der Kombi konnte nur in diese Richtung versuchen zu entkommen. Peter zog seine Waffe. Er hörte den Motor aufheulen. Der Kia raste jetzt mit quietschenden Reifen auf ihn zu. Zweimal betätigte Peter den Abzug. Donnernd laut krachten zwei Schüsse. Der Kia brach nach rechts aus und raste gegen die Begrenzungsmauer einer Toreinfahrt. Stille. Peter rannte auf den Wagen zu. Schon von weitem erkannte er, dass der Fahrer ein Loch im Schädel hatte und keine Gefahr mehr von ihm ausging. Der Beifahrer schien unangeschnallt mit dem Kopf gegen die Frontscheibe geschlagen zu sein. Ohnmächtig lag er in seinem Sitz. Sofort rannte er auf die rechte Wagenseite, öffnete die Beifahrertüre und stellte das Gewehr sicher. Aus der Ferne hörte Peter bereits das Heulen von Polizeisirenen. Spätestens jetzt wurde es dringend Zeit, das ortsansässige Büro des MI6 zu verständigen.

Zwei Stunden später saßen Nina und Peter in einer schmutzigen Zelle der Polizeistation der Guardia Civil in Albufeira. Die für ihre raue Gangart bekannte paramilitärische Polizeieinheit war nicht gerade zimperlich mit den beiden umgegangen. Sie wurden wegen Terrorverdachts verhaftet und in Untersuchungshaft gesteckt. Das Peter in Notwehr geschossen hatte und um weiteres Blutvergießen zu verhindern, nahmen die beiden Verhör-Offiziere der Guardia Civil ihm nicht ab, obwohl er das Sniper-Gewehr für die Polizeikräfte sichergestellt hatte. Man bezichtigte ihn, einen russischen Bürger erschossen und den Tod seines Beifahrers verursacht zu haben. Nina wurde sogleich als seine Komplizin eingestuft und ebenfalls verhaftet. Nun warteten sie darauf, dass sie der MI6 hier herausholte oder der Haftrichter sie auf freien Fuß setzte. Doch der konnte den Fall erst am folgenden Tag bearbeiten, da er sich in seinem wohl-verdienten Feierabend befand. Einziger Lichtblick war, dass die Frau am Nachbartisch, die irrtümlich von einem Projektil aus dem Sniper Gewehr getroffen worden war dank Ninas sofortiger Erst-hilfe überleben würde.

Weit nach Mitternacht öffnete sich plötzlich ihre Zellentüre. Nina und Peter hatten es sich auf den Plastikpritschen soweit möglich bequem gemacht und schliefen. Nina schreckte ängstlich hoch. Peter hingegen öffnete langsam seine Augen. Für ihn war das Erwachen in irgendeiner dreckigen Gefängnis-zelle kein Neuland. Er konnte sich kaum noch erinnern, wie oft er bereits in irgendwelchen Dreckslöchern in Asien, Südamerika oder sonst wo immer auf der Welt aus dem Schlaf gerissen wurde, um irgendein Geständnis zu unterschreiben, damit man ihn offiziell zum Tode verurteilen konnte. Hier jedoch erwartete er keine solche Behandlung. Nina schien sehr aufgeregt zu sein. Für sie war das hier absolutes Neuland und weit ab von dem, was man ihr in ihrer Ausbildung zur Agentin beigebracht hatte.

Binnen Sekunden füllte sich mit einmal ihre Zelle mit einer Menge Damen und Herren, die Nina und Peter jedoch völlig unbekannt waren, bis ein grauhaariger Mann das Wort ergriff.

„Miss Brennan, Commander McCord, mein Name ist Horatio Degas. Dieses Gespräch hier hat niemals stattgefunden und wir haben uns nie kennengelernt. Ich bin der Vertreter des Botschafters seiner Majestät der Britischen Königin in Portugal. Weiterhin darf ich Ihnen vorstellen die persönliche Referentin des Innenministers von Portugal, Madeleine Sanchez, außerdem der Vertreter des MI6 in Portugal, Pedro Delgado sowie Paco Ramirez vom SIS, dem portugiesischen Geheimdienst. Sie sind frei. Sie erhalten umgehend Ihre Waffen zurück, die Sie ab sofort offiziell tragen dürfen. Eine Tragegenehmigung bis zu Ihrer Abreise erhalten Sie mit ihren Waffen. Die beiden getöteten Russen sind Destroyer des FSB, des russischen Geheimdienstes. Sie waren auf Sie beide angesetzt, um Sie nach Ihrem erfolgreichen Einsatz in Jakutsk auszuschalten. Wir haben auch Ihre Aussage zum morgendlichen Angriff auf Miss Brennan nachgeprüft. Alle ihre Aussagen entsprechen der Wahrheit. Wie schon gesagt, Sie sind ab sofort frei. Mein Chauffeur wird Sie zurück in ihr Hotel bringen. Ihre Urlaubsimmobilie wurde überprüft und ist clean."

Wie auf ein geheimes Zeichen hin löste sich die Entourage des Vertreters der englischen Botschaft auf und jeder ging seiner Wege. Auch die Beamten der Guardia Civil schauten weg, als Nina und Peter das Gebäude verließen. Dreißig Minuten später gingen Nina und Peter durch das Eingangstor zu ihrer Hotelanlage. Der Wachmann nickte kurz, als er das verliebte Pärchen sah, dass offensichtlich von einem nächtlichen Strandspaziergang zurückkam. Dass es bereits drei Uhr in der Früh war, schien ihn nicht zu stören. Vom Eingang aus liefen sie zu ihrem Ferienhaus. Sie duschten ausgiebig und verschwanden sogleich tot müde im Bett.

37

Nachdem am folgenden Morgen der portugiesische wie auch der britische Außenminister eine Protestnote nach Moskau gesandt hatten und mit Sanktionen drohten, ließen die Russen verlauten, die Verfolgung von Nina und Peter einzustellen und den Sachverhalt intern zu prüfen. Was allerdings nicht wirklich etwas zu bedeuten hatte. Doch wie es schien würden die beiden Agenten ihren Kurzurlaub schadlos bis zum Ende genießen können.

Nina und Peter standen kurz vor Mittag auf. Peter sorgte fürs Frühstück. Die Stimmung hatte nach den Ereignissen der letzten Nacht arg gelitten. Lustlos kaute Nina an ihrem Brötchen mit Honig. Peter schlürfte gerade seinen Rest Kaffee, als sein Handy summte.
„McCord, hallo Mister Sharp. Was verschafft uns die Ehre?"
„Hallo, Peter, störe ich etwa Ihre Urlaubsruhe?"
„Nun ja, Sir, Urlaubsruhe haben wir bisher noch nicht gefunden."

„Ja, Peter, ich hörte davon. Die nächsten Tage sollten Sie ein wenig Ruhe finden. Die Russen lecken weiter ihre Wunden. Aber halten Sie die Augen offen. Sie kennen unsere Freunde vom FSB ja genau."

„Machen wir, Sir. Aber Sie rufen nicht an, um uns einen schönen Urlaub zu wünschen."

„Leider nein, Peter. Ihre Anwesenheit wird dringend im Jemen benötigt. Wenn Sie am Freitag nach Hause fliegen, packen Sie Ihren Koffer erst gar nicht aus. Kommen Sie Samstag in die Zentrale, damit ich Sie instruieren kann."

„Ja, ok, Sir."

„Miss Brennan wird Anfang nächster Woche nach Laos fliegen und dort einen Auftrag für uns erledigen. Auch sie sollte am Samstag kurz die Zentrale besuchen. Ihre folgenden Aufträge sind leider wieder ziemlich knifflig."

„Eigentlich hatte ich nichts Anderes erwartet, Sir."

„Dann erholen Sie sich noch ein wenig. Wir sehen uns Samstag und grüßen Sie bitte Miss Brennan von mir."

„Ja, danke, Sir, Ihre Grüße richte ich aus."

Der Chef des MI6 hatte wie gewohnt das Gespräch sogleich beendet. Peter kannte diesen Mann allerdings nicht anders.

„Was war los? Wenn Sharp anruft, ist doch meistens etwas im Busche."

„So ist es auch. Du musst nächste Woche nach Laos und ich fliege schon Sonntag in den Jemen. Worum es geht, sagt Sharp nie am Telefon. Wir

sollen beide am Samstagnachmittag in der Zentrale erscheinen."

Nina wirkte teilnahmslos. Sie schien über irgendetwas nachzudenken. Peter schaute sie an und lächelte. Plötzlich sprang sie unvermittelt auf und schob ihren Stuhl ganz nah neben Peters Sitzmöbel.

„Meinst du, es könnte mit uns beiden wirklich klappen, Peter? Ich meine als Familie mit Kindern und trautem Heim?"

„Warum nicht. Natürlich müssen wir beide eine solch neue Situation erst einmal verinnerlichen und uns an einen neuen, völlig anderen Lebensweg gewöhnen. Obwohl, für sportliche Aktivitäten ist alles vorhanden. McCords Manor hat ein großes Schwimmbecken im Außenbereich sowie einen nicht minder großen Indoorpool. Es gibt viele Reitpferde, Ponys und einen großen Schießstand. Mein Dad ist ein echter Waffennarr. Er besitzt an Kurzwaffen alles womit man schießen kann. Es gibt viele schöne Wege, die zum Joggen einladen und Plätze zum Drachen fliegen. Und bis zum Meer fährt man nur knapp eine halbe Stunde mit dem Auto. Ich bewohne auf dem Gut eine sehr große Wohnung mit allem, was das Herz begehrt. Vielleicht solltest du dir das alles erst einmal ansehen und meine Eltern wie auch das Gut kennenlernen."

„Vielleicht können wir nach unseren nächsten Einsätzen ein verlängertes Wochenende auf McCords Manor verbringen, damit ich mir ein Bild machen kann. Du jedenfalls könntest mir als Mann

schon gefallen, auch wenn du eigentlich viel zu alt für mich bist."

„Was für eine liebenswürdige Aussage! Bist eben noch ein Junghuhn."

„Was hast du da gerade gesagt? Ich gebe dir gleich Junghuhn."

Nina und Peter tobten noch ein wenig herum bis sie sich entschlossen, am Strand auszuspannen.

Die wenigen Urlaubstage vergingen wie im Fluge. Als sie Freitagmorgen im Ryanair Flieger nach Stansted saßen, überfiel sie eine gewisse Wehmut. Peter musste grinsen, als er die Times aufschlug und las, dass die norwegische Marine ein russisches, konfus manövrierendes Jagd- U-Boot aufgebracht und zum Verlassen ihres Hoheitsgebietes aufgefordert hatte.

„Hier lies mal, Nina. Unser Werk."

Zufrieden lächelnd kuschelte sich Nina an ihn.

„Wir sind schon ein tolles Team, großer Krieger."

Noch bevor der Pilot das Fahrwerk eingefahren hatte, schlief Agentin Brennan bereits tief und fest an Peters Schulter.

Zehn Tage später hatte Peter McCord seinen Auftrag im Nordjemen durchgezogen. Er vernichtete zwei Waffenlager der Warlords und befreite eine Menge Soldaten der regulären Regierungstruppen aus einem Gefangenenlager. Der MI6 hatte ihn in diese gottverlassene Gegend beordert, weil die Waffen aus englischer Produktion stammten und illegal von einem Waffenschieber in den Jemen gelangt waren. Nach Durchführung seines Einsatzes hatte er sich in den Oman abgesetzt, um von dort aus zurück nach London zu fliegen. Peter freute sich schon wieder auf zu Hause und natürlich auf Nina. Er hatte sich fest vorgenommen, ihr den noch fälligen Heiratsantrag zu machen. Kurz nach Mittag setzte die Boeing 747 in London Heathrow auf der Landebahn auf. Da er nur Handgepäck mit sich führte, konnte er den Flughafen direkt in Richtung Bahnhof im Tiefgeschoss verlassen. Er hatte Glück und erwischte zwanzig Minuten später einen Zug, der ihn direkt zum Bahnhof Paddington brachte. Vom Bahnhof aus nahm er die Underground, die ihn bis fast vor seine Haustüre brachte.

Bereits im Zug hatte er mehrfach telefonisch versucht, Nina über ihr Mobiltelefon zu erreichen. Doch jedes Mal erhielt er die gleiche Antwort. Der Teilnehmer ist vorübergehend nicht erreichbar. Peter sprang unter die Dusche. Nur allzu gut kannte er das Gewerbe, dem Nina und er nachgingen und da kam es eben schon mal vor, dass man einfach nicht erreichbar war. Peter hatte im Flieger etwas gegessen, sodass er sich das Aufwärmen eines Fertiggerichtes ersparte. Er stieg in die blaue Lederkombi, zog seinen Helm auf und fuhr mit seiner Norton zur Zentrale des MI6. Die Jungs von der Fahrbereitschaft, die er kannte winkten, ihm freundlich zu, als er das schwere Motorrad im gesicherten Bereich abstellte. Er winkte zurück und nahm gleich den Lift, der ihn auf die Büroebene von Simon Sharp hob.

„Hallo, Moneypenny, geht es Ihnen gut?"

„Oh, hallo, Peter. Sobald Sie mein Büro betreten, vergesse ich alle meine Sorgen."

„Rufen Sie mich einfach an, wenn Sie Sorgen haben. Ich komme sofort vorbei und schon sind sie sorgenfrei."

Peter hatte der Vorzimmerdame von Simon Sharp den Künstlernamen Moneypenny aus den James Bond Filmen verpasst, weil sie ebenso verliebt in ihn war wie die Dame im Film in 007.

„Wollen Sie zum Chef, Peter?"

„Wenn er da ist und Zeit für mich hat."

„Für Sie hat er doch immer Zeit, Peter."

„Ja, dann melden Sie mich bitte an."

Wenige Minuten später saß Peter seinem höchsten Chef gegenüber.

„Hallo, Peter, nehmen Sie Kaffee oder Tee?"

„Hallo, Mister Sharp. Kaffee bitte."

Wie von Geisterhand geführt brachte Moneypenny wenig später einen frisch aufgebrühten Kaffee und stellte ihn für Peter auf dem Tisch ab.

„Sehr gute Arbeit, Peter. Unser Außenminister hat mich bereits informiert, dass der Präsident des Nordjemen sehr froh ist, dass er seine Soldaten unversehrt zurückbekommen hat und dass alle Waffen in den Händen der Warlords vernichtet wurden. Ist sonst alles gut gegangen? Das Sie wieder einmal verbrannte Erde hinterlassen haben sind die bekannten Kollateralschäden."

„Nun, Sir, bevor man mich erschießt, versuche ich halt zuerst zu schießen. Ist mir diesmal wieder

gelungen. Wer weiß, wie oft das noch klappen wird."

„Malen Sie den Teufel nicht an die Wand, Peter. Das United Kingdom braucht Sie. Sie sind meine Nummer eins."

„Danke, Sir, aber bitte keinen Orden von der Queen. Ich glaube, ich habe schon alle, die die Krone an verdiente Briten vergibt."

Simon Sharp, der Peters Abneigung gegen jegliche Orden und Ehrenzeichen kannte, musste laut lachen.

„Ist Miss Brennan auch schon aus Laos zurück? Ich konnte sie telefonisch nicht erreichen, was natürlich in unserem Gewerbe nichts zu sagen hat."

Simon Sharp wurde mit einmal sehr ernst. Seine Gesichtszüge wirkten urplötzlich wie versteinert. Er räusperte sich leicht und seine Stimme verlor an Kraft.

„Der Kontakt zu Miss Brennan ist vor vier Tagen abrupt abgebrochen. Wir wissen, dass sie mit den Behörden und deren Polizeikräften zusammen im Goldenen Dreieck die gesamte Marihuana Ernte beschlagnahmen und vernichten konnte. Es hat einige Tote gegeben. So gesehen steht sie Ihnen in nichts nach, Peter. Dann jedoch riss der Kontakt zu ihr ab. Unser Büro in Kambodscha arbeitet fieberhaft daran, Ninas Aufenthaltsort auszumachen. Nach dem letzten Wissensstand wurde sie vom mächtigen Drogenkartell Roter Drache gekidnappt und verschleppt."

„So eine Scheiße, Sir! Ich kenne die Führer dieses Kartells, ihre Methoden Informationen aus Gefan-

genen heraus zu foltern und die Art wie sie sich ihrer Opfer entledigen. Ich werde sie da rausholen, Sir."

„Das geht nicht, Peter. Wir haben für solch einen Einsatz kein Mandat. Wenn Sie vor Ort herumspazieren, sind Sie vogelfrei. Jeder hergelaufene Kleinkriminelle kann Sie um die Ecke bringen. Niemand wird Sie unterstützen."

„Das ist mir egal, Sir. Ich kenne vor Ort genug Menschen, die mir weiterhelfen werden, weil sie mir noch etwas schulden oder Freundschaften bestehen. Ich nehme ab sofort zehn Tage Urlaub und komme mit Nina zurück, egal in welchem Zustand sie sich befindet."

„Urlaubsgesuch abgelehnt, Peter. Ich habe einen neuen Auftrag für Sie, den Sie gewissenhaft durchführen müssen."

„Aber, Sir!"

„Das ist ein Befehl, Peter. Ich weiß, wieviel Ihnen an Miss Brenan liegt. Aber jeder operative Mitarbeiter dieses Hauses kennt die Gefahren, die im Einsatz lauern."

Peter war drauf und dran aufzuspringen, um seinen Dienst zu quittieren. Simon Sharp erkannte dies sofort an Peters Körperhaltung.

„Sie fliegen morgen nach Vientiane und überbringen der britischen Botschaft vor Ort wichtige Papiere. Danach bleiben Sie dort vier Tage auf Abruf, bis ich einen neuen Auftrag für Sie habe."

Simon Sharp lächelte verschmitzt. Doch Peter hatte sofort verstanden.

38

Kaum sechs Stunden später befand sich Peter auf dem Flug von London Heathrow zum Flughafen Wattay International Airport in Laos. Gute zwanzig Stunden Flugzeit lagen vor ihm. Da er die letzten Tage nur wenig geschlafen hatte, war er froh in der First-Class Area ein angenehmes Bett vorzufinden. Sein Körper bot ihm stets den Vorzug, überall und in jeder Position schlafen zu können. Zu den Mahlzeiten ließ er sich wecken. Als die Boeing 747 einen Tag später auf der nicht ganz ebenen Asphaltdecke in Laos aufsetzte, war er ausgeschlafen und satt. Er griff sich seinen Diplomatenkoffer, mit dem er am linken Handgelenk festverbunden war und verließ die Maschine. Da er als Botschaftsangehöriger mit Diplomatenpass reiste, wurden weder sein Handgepäck noch der Koffer überprüft. Am Ausgang des Flughafens wartete neben der extremen Luftfeuchtigkeit auch ein älterer Laote, der den Toyota der Botschaft fuhr.

Dreißig Minuten später betrat Peter das kleine, im viktorianischen Stil gehaltene Botschaftsgebäude. Eine angenehme Kühle empfing ihn. Ein Botschaftsangehöriger nahm ihm sofort den Kurierkoffer ab und führte ihn ins Office des Botschafters. Dort bat man ihn Platz zu nehmen, bis der Herr Botschafter zu Ende telefoniert hatte. Vor ihm lag eine Tageszeitung vom Tag zuvor. Die gesamte Titelseite zeigte zwei U-Boote der russischen Marine, die in der Behring-See wegen Navigationsproblemen kollidiert waren und sich beinahe mit ihren eigenen Überschallraketen versenkt hatten. Wer hatte da wohl seine Hände im Spiel gehabt. Peter musste grinsen. So bemerkte er gar nicht, dass der Botschafter an seinen Tisch trat.

„Hallo, Mister McCord. Ihr Werk, wenn ich die Worte Ihres Chefs noch richtig im Ohr habe."
„Kann man so sagen. Hallo, Herr Botschafter."
„Das nehmen Ihnen die Russen ganz sicher sehr übel, nicht wahr?"
„In der Tat, Herr Botschafter."
„Nun ja, ist Ihr Job. Welchen Job Sie ab heute zu erledigen haben, möchte ich überhaupt nicht wissen. Wir haben alle Ihre durch Ihren Chef übermittelten Wünsche ausgeführt. In der Tiefgarage wartet eine fabrikneue Honda-Geländemaschine auf Sie. Die Papiere sind ok und befinden sich in der Sitztasche. Ein Helm und eine Lederjacke liegen ebenfalls bereit. Tausend Pfund in Landeswährung sowie zehntausend Dollar finden Sie in einem Umschlag auf Ihrem Zimmer. Dort liegt weiterhin eine 9mm Sig Sauer mit acht gefüllten Magazinen für Sie bereit. Sie sehen, Mister McCord, wir unterstützen Sie so gut es eben geht. Das werden wir auch machen, wenn Sie uns einen Notruf senden. Wir hoffen jedoch, dass Sie dazu nicht gezwungen sein werden. Viel Glück für Ihren Einsatz."
„Danke, Sir."
Peter hatte verstanden. Er verabschiedete sich kurz und verließ das Büro des Botschafters.

Er suchte sein Zimmer auf. Um nicht besonders aufzufallen, kleidete er sich als unauffälliger Tourist um. Ein Blick in den Spiegel machte ihn zufrieden. Er hing sich noch eine Kamera um den Hals, bevor er mit dem Lift in die Tiefgarage fuhr. Gleich erkannte er die schwarze Enduro, die für ihn bereitstand. Die dünne Lederjacke sowie der Helm schienen wie für ihn gemacht. Er steckte den Schlüssel ins Zündschloss der Maschine. Der Tank war bis zum Rand voll. Geld genug stand ihm ebenfalls zur Verfügung. Als er den Starter drückte, sprang der 500er Motor sofort an. Peter winkte dem Pförtner noch kurz beim Verlassen der Tiefgarage zu und brauste davon. Jetzt lagen gut 500 Kilometer vor ihm, die er so rasch als möglich hinter sich bringen wollte. Sein Weg führte ihn durch Thailand bis an die Grenze von Kambodscha. Offiziell reiste er als Journalist für eine große Reisezeitschrift.

Die Maschine ließ sich sehr leicht bedienen und Peter liebte das Motorrad fahren. Doch weil er so rasch wie möglich vorankommen wollte, wählte er häufig ihm bekannte Abkürzungen durch den thailändischen Dschungel. Obwohl die Pisten zumeist gut befestigt waren und noch keine Regenzeit herrschte, war die Fahrt mehr als lebensgefährlich. Große Sattelzüge, deren Wartungszustand gleich null war, rasten ohne Rücksicht auf Verluste mit hoher Geschwindigkeit durch die grüne Hölle.
Auf einen Motorradfahrer nahmen die Trucker-Fahrer nicht wirklich Rücksicht und drängten die

Zweiräder einfach von der Piste. Hinzu kam, dass sich Fauna und Flora in jeglicher Hinsicht gegen jedes menschliche Wesen verschworen hatten. Hier lag das Revier der Königskobras. Außerdem gab es handtellergroße Giftspinnen und Tausendfüßler, die einem den Garaus bereiteten, wenn man nicht aufpasste. Doch die Kobras waren beileibe nicht die einzigen Giftschlangen in diesem unwirtlichen Lebensraum. Peter musste höllisch aufpassen, dass sich nicht einer der Schlangen von den Bäumen herunterfallen ließ, um ihn für immer auszuschalten. Gegen das Gift der Kobras gab es ein Antiserum. Gegen das der anderen Reptilien in den Baumkronen leider nicht.

Nach gut dreihundert Kilometern merkte Peter, dass es Zeit war, eine Pause einzulegen. Er spürte kaum noch seine Arme und seine Aufmerksamkeit hatte erheblich nachgelassen. Um ein Haar wäre er gerade über einen Wurzelrest gerast und böse gestürzt. In knapp vierzig Kilometer Entfernung kannte er ein Bed and Breakfast Hostal, das von einem Schweizer und einer Thailänderin geführt wurde und stets einen sehr sauberen Eindruck hinterließ. Peter mobilisierte noch einmal alle Kräfte und brauste der Herberge entgegen. Zwanzig Minuten später rollte er mit dem letzten Tropfen Treibstoff auf den Eingang des Hostals zu. Bert Frümli erkannte Peter sofort und rief seine Frau Mai Ling aus der Küche. Die Wiedersehensfreude war groß und keinesfalls gespielt.

„Du bekommst natürlich unsere Luxussuite. Bleibst du wie gewohnt nur eine Nacht?"

„Ja, Mai Ling, für einen längeren Aufenthalt fehlt mir leider wie gewohnt die Zeit.“

Bert Frümli nickte Peter wissend zu. Er selbst hatte viele Jahre für den Schweizer Geheimdienst als operativer Agent gearbeitet und wusste nur allzu genau, dass einem Agenten fast nie genügend Zeit zur Verfügung stand. Auch Mai Ling zeigte Verständnis für Peter. Sie arbeitete einst für den thailändischen Geheimdienst. Peter wurde bestens verpflegt und seine Honda erhielt einen vollen Tank. Weil er an diesem Abend der einzige Gast war, aßen sie alle drei zusammen und sprachen über alte Zeiten und auch über das, was gerade im Goldenen Dreieck los war. Dabei erhielt Peter äußerst wichtige Informationen für seinen Einsatz. Mai Ling schrieb Peter die Telefonnummer einer Kollegin auf, die ihm im Notfall weiterhelfen konnte. Gegen zweiundzwanzig Uhr zog sich Peter in sein Zimmer zurück. Kaum das er sich hingelegt hatte, schlief er auch schon tief und fest ein.

Er erwachte früh, stand auf und duschte. Als er fertig angezogen war, hätte er eigentlich wieder duschen können. Die extrem hohe Luftfeuchtigkeit war nahezu unerträglich und das gerade im Dschungel. Mai Ling bereitete ihm ein leichtes Frühstück. Ohne dass Bert Frümli es bemerkte, drückte er Mai Ling zweihundert Englische Pfund in die Hand, weil er wusste, dass die beiden ehemaligen Kollegen das Geld gut brauchen konnten. Bert hätte das Geld ganz sicher niemals angenommen.

Mai Ling winkte Peter noch hinterher, der sich gleich wieder mit Highspeed in Richtung kambodschanische Grenze bewegte. Peter kämpfte gegen die feuchte Hitze, die Strapazen der Straßenverhältnisse und die Angst zu spät zu kommen, um Nina zu retten. Bis jetzt wusste er nicht einmal, wohin man sie gebracht hatte und wie es ihr ging. Weil er die Verhältnisse aus eigener Erfahrung in den Gefängnissen der Drogenbarone bestens kannte, trieb er sich selbst zu extremer Eile an.

39

Gegen Mittag traf Peter in dem kleinen, dreckigen Kaff an der Grenze nach Kambodscha ein, dessen Name auf keiner Karte verzeichnet war. Die wenigen windschiefen Katen aus Wellblech und Bambus, die mit Lianen aus dem Dschungel zusammengehalten wurden, beherbergten jede für sich eine Menge Menschen, deren Armut einfach unbeschreiblich war. Überall stank es nach menschlichen und tierischen Ausscheidungen. Die Leute, die hier wohnten, lebten alle nur vom Schmuggel und dem wenigen, was ihre winzigen Landparzellen an Gemüse und Obst hervorbrachten. Peter war heilfroh, dass der große Regen noch nicht eingesetzt hatte, weil die einzige Straße hier stets zu einer riesigen Schlammwüste mutierte. Langsam fuhr er bis zur letzten Hütte auf der linken Seite. Er stieg von der Maschine ab und zog den Schlüssel aus dem Zündschloss. Gemächlich schlenderte er dem Steingebäude entgegen und schob die Türe auf. Dieses Bauwerk verfügte neben elektrischem Strom auch über fließendes Wasser sowie einer richtigen Toilette und gehörte Kao Mai. Sie führte dieses Haus als Bordell. Da sie ihren Gästen alles bot, was es sonst nicht so leicht zu erleben gab, wurden ihr seitens der Polizeigewalt und ganz besonders von den Drogenbaronen eine Menge zusätzlicher Annehmlichkeiten zuteil, die ihr Leben erträglicher machte. Peter betrat das Etablissement. Eine recht ansehnliche, ältere Frau trat auf ihn zu und sah ihn an.

„Peter? Du hier? Was treibt dich in diese gottverlassene Welt?"
Weil Kao Mai ihr Haus bestens kannte und wusste, dass es überall Ohren besaß, legte sie ihren rechten Zeigefinger an ihre Lippen und führte Peter wortlos in einen Nebenraum. Einen kleinen Schreibtisch mit zwei Stühlen, ein großes Bett sowie den Zugang zu einem privaten Bad gab es hier zu sehen.
„Hallo, Kao Mai. Arbeitest du immer noch in diesem Gewerbe?"
„Wenn der große Khan, wie er sich nennt eine Domina wünscht, bin ich im Geschäft. Mache ich es ihm gut, habe ich wieder für einen Monat ausgesorgt. Wenn aber nicht, muss ich sehen, wo ich bleibe. Deshalb lasse ich mir für ihn immer wieder etwas neues, Besonderes einfallen. Meistens kommen sie zweimal in der Woche abends zu dritt oder viert, vollgeknallt mit Viagra und Koks und vögeln alle meine Mädels und Jungs nacheinander durch. Ist nie eine Freude für uns, auch wenn der Khan und seine Meute viel Geld hier

liegen lassen. Es kommt sogar vor, dass wir neben den übelsten Verletzungen auch schon mal einen Todesfall hinnehmen müssen. Ich bekomme dann einen ordentlichen Batzen Scheine hingelegt mit der Maßgabe, die Leiche diskret zu entsorgen. Tue ich das nicht oder gehe zur Polizei, bin ich das nächste Opfer. Hier zählen keine Menschenleben. Aber du weißt ja, wie es hier läuft, Peter."

„Allerdings."

„Du suchst nach der kleinen Britin, die hier mächtig auf den Putz gehauen hat, nicht wahr?"

„Ja, woher weißt du das?"

„Weil die Kleine ein Mitglied des MI6 ist genauso wie du, und du hier bist, um sie da rauszuholen."

„Ja, so ist es, Kao Mai. Weißt du, wo sie ist?"

„Wo soll sie schon sein, Peter? Sie wurde ins Gefängnis des Khan in seinen Palast im Dschungel verschleppt, nachdem sie gut und gern zwanzig seiner Leute ins Jenseits beförderte, zwei große Mohnfelder sowie ein großes Drogenlager angesteckt hatte. Also, falls sie überhaupt noch lebt, findest du sie im Kerker seines Palastes. Du weiß wo der steht?"

„Ja, sicher."

„Bist du mit einer Armee hierhergekommen?"

„Wieso das?"

„Weil der Khan seine Mannschaft ordentlich verstärkt hat und alle bis unter die Zähne bewaffnet sind. Ihr hättet gut daran getan, von einem eurer Kriegsschiffe aus zwei Marschflugkörper zu schicken, die hier alles in Schutt und Asche legen, vorzugsweise den Palast des Khans."

215

„Warum Marschflugkörper, Kao Mai, ich bin doch hier."

„Peter, das ist eine Nummer zu groß für dich alleine. Glaub es mir. Wenn sie dich schnappen, werden sie dich an den Iran oder Russland für sehr viel Geld verkaufen."

Peter schaute Kao Mai tief in ihre wunderschönen, schwarzen Mandelaugen. Sie gehörte in früheren Zeiten als Top-Agentin dem thailändischen Geheimdienst an. Aus dieser Zeit kannte er sie. Zweimal hatten sie gemeinsam in Kambodscha und Vietnam zusammengearbeitet und waren sich dabei sehr nah gekommen.

„Hast du schon eine Unterkunft?"

„Nein, bin ja gerade erst angekommen."

„Wir müssen deine Maschine verstecken. Sie ist sehr auffällig. Wenn Khans Leute sie ausmachen, werden sie neugierig werden und Fragen stellen. Da vorn in den Schuppen kannst du sie abstellen. Wenn du magst, kannst du in meinem Haus in den Bergen wohnen. Dort ist es sehr einsam und niemand weiß, dass es mein Haus ist. In diesen Abschnitt des Dschungels wagen sich selbst die Männer vom Khan nicht so einfach hinein. Dort leben die meisten Königskobras Thailands. Es sind nicht mehr sehr viele Exemplare und sie sind sehr scheu. Aber wenn die Weibchen ihre Eier ablegen, ist nicht mit ihnen zu spaßen. Im Haus bist du vollkommen sicher. Außerdem sind Königskobras nicht aggressiv."

„Sehr beruhigend, Kao Mai. Ich nehme deine Einladung aber trotzdem an."

„Hier hast du den Schlüssel, Peter. Im Keller findest du einige brauchbare Spielsachen für dein Vorhaben. Der Kühlschrank ist voll. Nimm dir, was du brauchst. Hier auf dem Zettel findest du die Wegstrecke dorthin."

Kao Mai drückte ihm eine Handskizze in die Hand.

„Ich komme heute Abend auch hin."

„Alles klar und danke dir."

„Wofür? Du hast mir einmal das Leben gerettet und das vergesse ich dir nie."

„Alles ok. Bis später."

Schon war Peter verschwunden und das so unspektakulär und leise, wie er gekommen war.

Peter war gewarnt, was die Umgebung seiner Unterkunft betraf. Er mochte überhaupt keine Schlangen und schon gar nicht solche Monster wie die Königskobras, die nicht selten bis zu sechs oder gar acht Metern lang werden konnten. Er hoffte, keiner dieser naturgeschützten Kreaturen zu begegnen. Nach einer knappen Stunde Fahrt durch die grüne Hölle erreichte Peter das traumhaft auf einer Lichtung im Dschungel gelegene Anwesen von Kao Mai. Bevor er die Eingangstüre öffnete, vergewisserte er sich, dass weder zweibeinige noch kriechende ungebetene Gäste das Haus zu bevölkern versuchten. Er ließ von innen das Garagentor hochfahren, damit er die Honda in der Garage abstellen konnte. Das Haus war in der Tat ein Traum. Riesengroße Scheiben vermittelten den Eindruck, als säße man mitten in der Flora des thailändischen Dschungels. Peter schaute sich begeistert um. Doch sehr bald kehrte er zur Realität zurück. Kao Mai war nicht die einzige Bezugsperson, die er aus seiner Tätigkeit für den MI6 in der der Umgebung kannte. Er zog sein Handy aus der Tasche und wählte eine Nummer, die er einfach unter Ho in seinem Handy eingetragen hatte. Mehr wusste Peter nicht über seinen Namen. Vielleicht war es sogar ein Deckname. Nach dem dritten Klingeln nahm Ho das Gespräch entgegen. Weil Peter ihn gleich auf Englisch ansprach, verhielt sich Ho ganz still. Er schien abzuwarten. Peter begrüßte ihn freundlich. Er versteckte in zwei Sätzen ein vor langer Zeit vereinbartes Kennwort. Ho wusste mit einmal, wer am Telefon war.

„Heute Abend 22:00 Uhr Ortszeit am Strand in Chao Lao Beach an der Imbissbude mit dem Hummer-Emblem."

„Alles klar, danke, Ho. Bis später."

Peter begann zu rechnen. Die reine Fahrzeit bis Chao Lao Beach betrug ganz sicher eineinhalb Stunden. Also konnte er sich getrost noch zwei Stunden hinlegen und ausruhen. Mehr war jetzt ohnehin nicht zu machen. Er benötigte noch viel mehr Infos, noch mehr Material und vielleicht einige Helfer."

40

Ein leichter Windzug streichelte über seinen fast nackten Körper und wecke ihn auf, noch bevor dies sein Handy übernahm. Ganz vorsichtig bewegte sich seine rechte Hand unter das Kopfkissen. Er fühlte den gummierten Griff seiner Pistole, was ihn gelassener werden ließ. Doch was er dann fühlte ließ ihn rasch aufwachen. Kao Mai schmiegte sich splitternackt an seinen Körper. Er fühlte ihre harten Brustwarzen, wie sie sich an seine Wirbelsäule legten. Als dann eine zarte Frauenhand in den Bund seines Slips griff und dort mit der Massage seiner Genitalien begann, schloss er nur erregt die Augen. Kao Mai war Profi genug um gleich zu erkennen, dass Peter sich nicht mehr allzu lange zurückhalten konnte. Sie drehte ihn mit einem Ruck auf den Rücken und stieg auf ihn auf. Mit einem Handgriff zog sie Peter ein Kondom über und beförderte sein steifes Instrument in ihre feuchte Scheide hinein. Sofort begann sie mit rhythmischen Bewegungen ihres Unterleibes. Wenig später ergoss sich Peter stöhnend in sie. Auch Kao Mai entspannte sich wenig später nach einem wohltuenden Orgasmus.

Nach einer erfrischenden Dusche servierte Kao Mai Fruchtcocktails auf ihrer gläsern umbauten Terrasse. Peter war schon sehr beeindruckt von den vielen Pflanzen und Tieren, die er von hier aus beobachten konnte.

„Du musst nachher noch einmal fort, nicht wahr?"
„Ja, woher weißt du es?"
„Dein Handy stand in Weckfunktion."
Peter schaute sie ein wenig ungläubig an.
„Du weißt doch, dass du es mit einer ehemaligen Agentin zu hast, Peter. Ich habe noch nichts verlernt."
„Das scheint mir aber auch so. Nun warst du aber auch einer der Besten."

„Danke für das Kompliment. Ich habe leider keine guten Nachrichten für dich. Der Khan hat gestern zur Defloration seines jüngsten Sohnes zwei meiner Mädchen in seinen Palast geholt. Sie wurden vor einer Stunde zurückgebracht und berichteten, dass sie zufällig ein Telefongespräch des Khans mit seinem Verwalter mitbekommen haben, indem er befahl, dass die junge Britin mit weiteren Agenten im Dschungel kopfüber von einem Baum heruntergelassen werden soll, um an die Tiere verfüttert zu werden."

„Verdammte Scheiße! Das heißt aber, dass sie noch lebt?"

„Das schon, aber in welchem Zustand sie sich befindet, weiß niemand. Mach dir keine allzu großen Hoffnungen. Wir müssen jetzt herausbekommen, wann sie die Agentin abtransportieren und vor allem wohin. Ich versuche da vorsichtig nachzuhaken. Hast du etwas mit ihr?"

„Das ist lieb von dir, danke. Ich mag Nina sehr gern, ja."

„Keine Ursache, Peter. Darf ich fragen, wen du triffst?"

„Ja, fragen darfst du. Aber ich möchte dich da nicht mit reinziehen, Kao Mai."

„Es gibt eigentlich nur Ho, der alles weiß und alles erfährt."

„Da gebe ich dir recht."

Für die ehemalige Agentin war jetzt klar, dass Peter sie nicht weiter einweihen wollte. Warum auch. Kurz nach 20:00 Uhr bestieg Peter die Honda. Bevor er sich den Helm anzog, nahm Kao Mai seinen Kopf in beide Hände.

„Sei vorsichtig, Peter. Auch Ho richtet sein Fähnlein immer wieder gern dem entgegen, der am besten bezahlt."

„Das denke ich mir. Ich traue in diesem Gewerbe niemandem wirklich, bis auf wenige Ausnahmen."

Kao Mai küsste Peter sanft auf den Mund.

„Kannst du mich nicht mit nach London nehmen, Peter? Ich habe Verwandte, die dort leben. Der Khan wacht mit Argusaugen darüber, dass keiner seiner Vasallen von hier ausreist. Deshalb komme ich hier niemals ohne Hilfe weg. Vor drei Jahren saß ich fast schon im Flugzeug nach London, als mich zwei Mitarbeiter von diesem Arsch aus dem Warteraum holten. Zwei Tage lang wurde ich geschlagen und vergewaltigt, bis sie endlich von mir abließen. Bitte nimm mich mit, Peter."

„Ich werde sehen was ich machen kann. Du kannst dich auf mich verlassen."

„Das weiß ich, Peter."

Kao Mai drückte Peter eine kleine Jadefigur in die Hand als Glückbringer.

„Komm gesund zurück."

„Ich werde mein Bestes geben. Danke, Kao Mai."

Weil er die Honda über Stock und Stein sowie über staubige Pisten und durch den Dschungel gelenkt hatte, sah sie entsprechend und keineswegs mehr neu aus. Außerdem war das vordere Schutzblech ein wenig verbogen, nachdem Peter einen großen Felsbrocken touchierte. Er war früh dran. Peter nutzte die Zeit bis zum Treffen und tankte die Maschine voll. Langsam rollte er an der Strand-promenade entlang, bis er den Imbiss mit dem

Hummer-Emblem gefunden hatte. Gemächlich stieg er von der Maschine ab. Er deponierte seinen Helm unter dem Sitz und zog den Schlüssel ab. Ohne Hast mischte er sich in den Pulk der vielen Touristen, die hier nach kulinarischen Leckerbissen oder einem sexuellen Abenteuer Ausschau hielten. Überall standen junge Mädchen an den Theken der Strandbuden und warteten auf Kundschaft. Doch das Geld saß schon seit einiger Zeit nicht mehr so locker und das bekamen auch die vielen jungen Huren hier zu spüren, die dringend auf ihren Liebeslohn angewiesen waren. Die meisten Mädchen unterstützten damit ihre bettelarmen Familien im Hinterland.

Völlig unerwartet spürte Peter eine kleine Hand, die sich in seine legte und ihn beiseite zog.
„Hallo, großer Mann. Ich bin ein Ladyboy und möchte dir viel Freude bereiten. Komm, wir gehen zu mir."
„Nein, danke, ich möchte nicht."
Peter löste sich aus der Hand der kleinen Schönheit, die glatt seine Enkelin hätte sein können.
Gemächlich schlenderte er zu dem Imbiss mit dem Hummer-Emblem herüber, der einen sehr gepflegten Eindruck hinterließ. Peter schaute auf die kleine Tafel, auf der alle Speisen aufgelistet standen und bestellte eine gegrillte Languste. Hungrig schwang er sich auf einen der Barhocker. Er bestellte sich eine Flasche Mineralwasser zum Essen. Die im Ganzen gegrillte Languste schmeckte hervorragend. Nach dem Festmahl

bestellte sich Peter einen Espresso. Gerade als er das heiße Tässchen ausschlürfen wollte, klopfte ihm eher unmerklich ein großer, hagerer Mann auf die Schulter, der seinen asiatischen Mitmenschen erheblich über den Kopf gewachsen war.

„Hallo, Peter. Wie geht`s"

„Gut, Ho und wie sieht es bei dir aus?"

„Ich kann nicht klagen. Die Geschäfte mit den Touris laufen gut."

Peter grinste Ho an.

„Was kann ich für dich tun, Peter? Oder lass es mich selbst formulieren: Du bist wegen der britischen Agentin hier, die sich der Khan geschnappt hat. Ist es so?"

„Ja, genau."

„Sie aus dem Palast vom Khan zu befreien ist aussichtslos. Aber sie soll morgen in den Dschungel verschleppt und dort kopfüber den Viechern überlassen werden. Kein schöner Tod. Wenn sie denn überhaupt noch lebt. Der Khan und seine Leute sollen die Kleine heftig in die Mangel genommen haben dafür, dass sie über 20 Mann von ihm getötet hat."

„Versuch bitte für mich herauszubekommen, wann sie die Agentin in den Dschungel bringen und vor allem wohin. Dann brauche ich noch zwei Mini MPs Scorpions oder etwas Vergleichbares mit fünf-hundert Schuss Munition."

„Das wird nicht billig, Peter. Die beiden Scorpions und die Munition bringe ich dir in einer Stunde hierher. Wegen der Infos rufe ich dich spätestens morgen in der Früh an. Das wird nicht ganz leicht herauszubekommen sein."

„Wieviel, Ho?"

„Zehntausend Dollar."

„Du tickst nicht ganz sauber, Kollege. Das ist viel zu viel. Zweitausend und keinen Cent mehr, Ho."

„Das zahl ich alleine für die beiden Mini MPs ohne Munition. Das geht nicht, Peter."

„Ich gebe dir viertausend."

„Gib mir fünftauend und wir kommen klar."

„Ok, fünftausend. Hier in einer Stunde. Und wann bekomme ich die Infos zum Verbleib der Agentin?"

„So rasch ich etwas in Erfahrung bringen kann. Aber spätestens morgen früh."

„Ok, Ho, lass mich nicht hängen. Du weißt, dass ich dich überall auf der Welt finde."

„Ja, Peter, du kannst dich auf mich verlassen. Ehrlich."

Schon war Ho im dichten Touristengedränge verschwunden. Peter schlenderte derweil ein wenig am Strand entlang und sog die milde salzige Luft des Meeres tief in seine Lungen hinein. Er gönnte sich noch zwei alkoholfreie Fruchtcocktails auf seinem Weg an verschiedenen Imbissständen vorbei, bis er wieder am Imbiss Lobster eintraf. Ho war noch nicht wieder eingetroffen. Nach Mitternacht schlenderte er Peter ganz entspannt entgegen.

„Hallo, Ho, hast du alles bereit?"

„Hast du das Geld, Peter?"

„Ja, natürlich."

„Gehen wir zu meinem Wagen."

Ho versteckte das Geld blitzschnell hinter seinem Autoradio. Peter schaute sich derweil den Rucksack an, der stark nach Waffenöl stank. Sein geschulter Blick sagte ihm, dass alles in Ordnung war.

„Der Khan hat befohlen, dass die Agentin morgen gegen 06:00 Uhr in den Dschungel gebracht wird, wo man sie von einem Baum herunterhängen lassen wird. Wenn mein Informant nicht gelogen hat, bringen sie die junge Frau oder das was noch von ihr übrig ist, dort hin."

Ho breitete eine kleine Landkarte auf seinen Knien aus und zeigte Peter mit dem Finger, wohin Nina verbracht werden sollte.

„Ok, Ho, ich wünsche dir nur, dass dein Informant die Wahrheit sagt. Sonst hänge ich ihn persönlich in den Dschungel."

Mit einem unguten Gefühl im Bauch stieg Peter auf seine Enduro. Er war noch nicht so wirklich davon überzeugt, dass morgen alles glattgehen würde. Doch jetzt musste er erst einmal den Höllenritt auf seiner Maschine durch den stockdunklen Dschungel lebend überstehen.

41

Ein dreiviertel Stunde später rollte die Enduro vor dem Haus von Kao Mai aus. Peter war am Ende seiner Kräfte angelangt. Zwei Mal war er vor Müdigkeit über unerkanntes Wurzelwerk gefahren und gestürzt. Doch er hatte sich immer wieder aufgerappelt und die Fahrt erneut fortgesetzt. Kao

Mai schien auch noch nicht lange zu Hause zu sein. In ihrem Schlafzimmer brannte noch Licht.

Sie hatte ihn gehört und verließ ihr Schlafgemach.

„Oh, Gott, wie siehst du denn aus, Peter?"

„Ich habe mich zweimal auf die Nase gelegt. Sonst ist aber alles ok."

„Geh duschen, Peter. Ich versorge nachher deine Wunden."

„Mach ich. Doch ich habe nicht viel Zeit. In zwei Stunden startet der Mörderclique des Khan los, um Nina sowie weitere Gefangene in den Dschungel zu hängen."

„Dann beeil dich. Ich bin bereit."

Zehn Minuten später saß er in Kao Mais Wohnzimmer. Drei ziemlich große Schürfwunden an beiden Beinen versorgte sie mit viel Liebe. Peter schaute derweil per Google Maps nach der Stelle, wo Nina hingerichtet werden sollte.

„Das ist keine halbe Stunde Fahrt von hier weg."

„Ja, ich kenne die Stelle. Dort hängen einige Skelette von den Baumwipfeln herab, die sich die Natur noch nicht ganz gegriffen hat. Stille Zeugen von blinder Mordlust des Khan."

Peter griff sich sein Handy, das zum Aufladen am Stromnetz hing und zog den Stecker aus der Steckdose. Er gab per Kurzwahl die Nummer seines Chefs in den Speicher ein und wartete kurz.

„Hallo, Peter. Wenn Sie mich persönlich anrufen, brennt es lichterloh. Ist dem so?"

„Hallo, Sir, leider haben Sie vollkommen recht."

Dann begann er in kurzen Worten zu berichten, was geschehen war und dass er dringend Hilfe benötigte.

„Verdammter Mist! Das wird nicht leicht Sie da rauszuholen, Peter. Wir haben zurzeit kein Schiff im Golf von Bengalen, das über einen Hubschrauber verfügt. Die USS Nimitz ankert in der Adaman See wegen eines Gastbesuchs in Thailand. Ich werde die Amerikaner um Unterstützung bitten."

„Das würde mir sehr helfen, Sir. Ich versuche jetzt erst einmal, Nina lebend zu bergen. Die Koordinaten zu meinem Standort sende ich Ihnen gleich. Ach, noch etwas, Sir. Eine ehemalige Kollegin des thailändischen Geheimdienstes ist meine Informantin, ohne deren Tipps ich Nina nie gefunden hätte. Sie muss ebenfalls mit mir das Land verlassen. Sie steht auf der Todesliste des Khan. Darf ich sie mitnehmen?"

„Ok, Peter, ich werde mich um alles kümmern. Viel Glück. Aber ich kann Ihnen nichts versprechen."

„Das weiß ich, Sir. Eine Menge Glück werde ich dringend benötigen. Trotzdem danke, Sir."

Peter hatte sich in einen camouflagefarbenen Kampfanzug gezwängt, wie man sie hier in jedem Touristenshop für kleines Geld aus alten Armeebeständen zu kaufen bekam. Vor der Abfahrt gab er Kao Mai einen flüchtigen Kuss, doch eher aus Nervosität als aus Zuneigung.

„Pass auf dich auf, Peter. Das wird kein Spazier-gang. Soll ich dich begleiten?"

„Ich weiß. Nein, danke für das Angebot. Das muss ich schon selber durchziehen. Wir sehen uns hier

später wieder, wenn ich dich abhole oder eben in der Hölle."

Per Elektrostarter erweckte Peter seine Honda zum Leben. Er legte den ersten Gang ein und startete los. Der Dschungel empfing ihn mit beinahe hundertprozentiger Luftfeuchtigkeit, diffusen Lichtverhältnissen sowie einer unheimlichen Geräuschkulisse. Um seiner Müdigkeit entgegenzuwirken schluckte Peter zwei Captagon Tabletten. Die Wirkung ließ nicht lange auf sich warten. Er fuhr, was seine Maschine hergab. Diesmal wollte er allerdings unbedingt einen Sturz vermeiden. Immer wieder schaute er auf sein GPS, das in seinem Handy eingebaut war, bis ihm das Gerät signalisierte, das er sein Ziel beinahe erreicht hatte. Sofort fuhr er rechts ran und stieg von der Maschine ab. Seine Beine wirkten müde und träge. Er machte ein paar Bewegungsübungen, um wieder in Gang zu kommen.

Peter zog die beiden Maschinenpistolen aus dem Rucksack heraus und hängte sie in die Befestigungsgurte. Die Langmagazine waren voll aufmunitioniert. Er schob die Magazine in die Aufnahmevorrichtungen, lud durch und entsicherte die Waffen. Er war bereit. Peter lauschte in die unwirtliche Geräuschkulisse des Urwaldes. Neben ihm am Boden krabbelte ein behaarter, handtellergroßer Achtbeiner. Peter zuckte zusammen. Er hasste Spinnen und Schlangen. Vorsichtig bewegte er sich der Stelle entgegen, die ihm das GPS anzeigte. Dann hörte er Stimmen. Laute menschliche Schreie ließen Peter aufhorchen. Er duckte ab. Beinahe lautlos arbeitete er sich vor zu dem Platz, wo das dichte Blattwerk der Riesenbäume fehlte. Kurz vor der Lichtung versteckte er sich hinter einem buschähnlichen Gewächs mit riesigen Blättern. Sofort prüfte er, ob sich nicht noch andere Kreaturen dort hinter verbargen. Doch der Busch schien sauber. Vorsichtig schob er zwei Blätter auseinander, um sich freie Sicht zu verschaffen. Doch was er dort sah, konnte er anfangs nicht glauben. Zwei völlig entkleidete Männer sowie eine Frau wurden gerade von Schlägern des Khan an drei unterschiedlichen Bäumen mit dem Kopf nach unten hängend in die Höhe gezogen. Peter traute seinen Augen nicht. An weiteren Seilen hingen sicher gut und gern noch sechs oder sieben Leiber von den Baumkronen herab. Zwei davon schienen sich sogar noch zu bewegen. Peter war entsetzt. Jetzt war Nina an der Reihe. Sofort erkannte er ihren Körper. Sie hatten ihr die Haare abgeschnitten und sie offensichtlich heftig gefoltert. Ihre Haut war übersät mit blutigen Wunden. Doch davon durfte er sich jetzt nicht ablenken lassen. Er musste schnellstens feststellen, mit wie vielen Gegnern er es zu tun hatte. Als er jedoch sah, wie einer der Männer mit einem Stock auf Ninas leblosen Körper einschlug, war beim ihm Schluss mit lustig.

Sechs Männer und zwei Frauen gehörten der Mannschaft an und genau diese sollten heute das letzte Mal ihren Job für diesen grausamen Clanchef erledigen.

Simon Sharp bediente sich sogar zweier Telefone, um die Rettung der beiden Agenten in den Griff zu bekommen. Er machte bei den Amerikanern kein Hehl daraus, dass es um Leben und Tod ging. Die Drähte zwischen London und dem Pentagon liefen bereits seit einigen Stunden heiß. Obwohl England der engste Verbündete der Amerikaner war, gaben sie sich extrem zugeknöpft, bis der Chef des MI6 den Kommandeur der Amerikanischen Flotte Admiral Haynes an die Strippe bekam, der Peter McCord auch persönlich sehr gut kannte. Haynes war ein alter Haudegen, der sein Handwerk bestens verstand. Er sicherte Simon Sharp sofort zu, den beiden zu Hilfe zu eilen. Dem Chef des MI6 fiel ein Stein vom Herzen. Haynes war dafür bekannt Wort zu halten, wenn er etwas zusicherte und vor allem ein harter Hund, wenn es darum ging etwas durchzusetzen.

Peter musste jetzt ganz heftig gegen den Hass ankämpfen, der in ihm aufstieg. Wichtig war nun, seinen Kopf frei zu bekommen. Hass war ganz sicher sein schlechtester Verbündeter. Er verließ seine Position und pirschte unbemerkt den beiden Fahrzeugen der Khan Leute entgegen. Eine der Frauen schlug mit einem Stock mit aller Kraft gegen Ninas Unterleib, während zwei der Männer ihren Körper in die Höhe zogen. Peter griff nach seinem Kampfmesser. Sein gezielter Wurf traf die Frau in den Hals und tötete sie auf der Stelle. Die übrigen vier Männer trabten derweil ganz gemächlich zu ihren Fahrzeugen. Als sie jedoch die tote Kollegin vorfanden, zogen sie ihre Waffen und schauten sich

um. Peter griff nach seinen beiden Maschinenpistolen. Er sprang vor und drückte ab. Aus dieser
kurzen Entfernung rissen seine Vollmantelge-
schosse die vier Gegner förmlich in Stücke. Die
beiden übrigen Söldner hatten sich derweil im
Dschungel versteckt. Peter duckte weg und rannte
durch das Unterholz zu dem Baum, an dem das Seil
von Nina befestigt war. Er ließ noch drei weitere
Gefangene herunter, deren Leiber an den Seilen
zappelten wie Schlachtvieh. Blitzschnell zerschnitt
er die Fesseln aller Gefangenen, bevor er sich Nina
schnappte und sie in den Schutz des dichten
Dschungels trug.

Peter schaute sich um. Immer noch sah er nichts
von den beiden flüchtigen Schlächtern. Er legte
Nina ab und sprintete zurück zu den beiden
Geländewagen. Im Kofferraum fand er eine Kiste
mit Eierhandgranaten. Er nahm fünf Stück davon
heraus und warf sie in den Bereich, in dem er die
beiden Männer vermutete. Er duckte sich hinter die
Wagen. Die Explosionen waren heftig. Doch einen
Schrei oder andere Geräusche, die auf den
Verbleib der Männer schließen ließen, vernahm er
nicht. Ob die Luft wirklich rein war, konnte er nicht
ausmachen. Er warf mehrere der Handgranaten
unter die Geländewagen, die dieser Attacke nicht
standhielten und wie Kartenhäuser in sich
zusammenfielen. Feuer loderte auf. Peter rannte
zurück zu Nina, die immer noch bewusstlos da lag.
Er nahm sie in seine Arme. Langsam öffnete sie
ihre Augen. Vorsichtig flößte er ihr etwas Mineral-
wasser aus seiner Feldflasche ein. Auch eine

Tablette mit Vitaminen und anderen geheimen Stoffe aus der Chemieküche ihres Arbeitgebers ließ er folgen. Doch Ninas Körper blieb in all seinen Funktionen schwach. Er trug sie zu seiner Honda. Nina setzte er vor sich auf die Sitzbank. Ihre Beine hatte er hinter seine eingeklemmt, damit sie nicht in die Kette oder die Räder gerieten. Heftig schlug er auf den Elektrostarter. Der Motor sprang sofort an. Peter gab Gas. Nina lag wie ein lebloses Tier vor ihm. Behutsam umkurvte er jegliche Wurzel. Über den Wipfeln der Bäume kämpfte sich ganz langsam die Frühsonne empor. Weil Peter seine Fahrweise stark zurücknehmen musste, brauchten sie eine Dreiviertelstunde bis zum Haus von Kao Mai.

Er drückte mit dem linken Fuß den Seitenständer aus und stellte die Maschine ab. Nina befand sich in einem Trancezustand, was ganz sicher an der Tablette lag. Dafür war sie schmerzfrei und ein Lächeln wanderte über ihre Gesichtszüge, als sie Peter ansah. Ob sie ihn wirklich erkannte, konnte Peter nicht ergründen. Vorsichtig legte er sich Ninas schlaffen Körper über die Schulter und lief mit ihr zum Eingang von Kao Mais Haustüre. Das Haus war hell erleuchtet.
Gerade als er auf den Klingelknopf drücken wollte stieß Ninas rechter Fuß gegen das Türblatt. Lautlos fuhr die Türe auf. Das konnte nichts Gutes bedeuten. Rasch betrat Peter den Flur und schloss die Türe. Die Klimaanlage lief nicht mehr. Als er das Wohnzimmer betrat verstand er sofort, warum die Aircondition nicht arbeitete. Die Terrassentüre stand weit offen, was dazu führte, dass die

Kontakte für die Kühlanlage unterbrochen wurden. Der Gestank nach Kupfer und Eisen, der ihm bestens vertraut war, ließ ihn erschaudern. Den Wohnraum bevölkerte bereits eine erkleckliche Zahl an Insekten, die ihre Arbeit aufnehmen wollten. Als Peter den Kopf zur Couchlandschaft herumdrehte, musste er an sich halten, um nicht zu erbrechen. Kao Mai lag blutüberströmt auf dem weißen Lederpolster. Sie hatten ihr mit einer gewaltigen Machete, die auf dem Boden lag den rechten Arm abgetrennt und die äußerst scharfe Breitklinge mit viel Wucht in ihren Schritt geschlagen. Bis zum Bauchnabel hatte sich die Klinge ihren Weg geebnet. Kao Mai hatte es überstanden. Sie war tot. Laut fluchend lief er in die Küche. Dort entnahm er dem Kühlschrank zwei Flaschen Wasser. Sofort lief er zurück in den Flur. Nina saß immer noch unverändert auf dem Stuhl, auf den er sie gesetzt hatte.

„Hier, trink etwas, Nina."

Peter reichte ihr die Flasche, doch er musste ihr beim Trinken helfen. Dann summte sein Handy.

„Hallo, McCord, gut gemacht. Sie sind wirklich der Beste. Sie können für mich arbeiten, was sagen Sie dazu?"

„Der Khan, wie ich glaube?"

„Ihr Glaube ehrt Sie, Commander. Doch hier endet Ihr Leben. Sie haben viele meiner Mitarbeiter getötet und zwei Fahrzeuge zerstört. Das kann ich nicht durchgehen lassen. Außerdem hatte ich mehrere Todesurteile ausgesprochen, die Sie mit Ihrem Angriff aufgehoben haben. Dafür werden Sie sterben, McCord. Leben Sie wohl."

„Schauen wir mal, Mister Khan."

42

Es wurde jetzt dringend Zeit zu verschwinden. Jeden Moment konnten die Mörder von Kao Mai wieder aufkreuzen und versuchen, auch sie beide zu töten. Wieder summte sein Handy.

„Admiral Haynes, hallo, Peter. Wir haben jetzt keine Zeit für lange Diskussionen. Circa achthundert Meter in nordwestlicher Richtung finden Sie eine Lichtung. Dahin unterwegs sind vier Black Hawks, die Sie und Miss Brennan aufnehmen und zur Nimitz in den Golf von Bengalen fliegen. Versuchen Sie bis dahin durchzuhalten. Unsere Hubschrauber sind voll besetzt mit schwer bewaffneten Marines, die nur darauf warten Ihnen helfen zu dürfen. Ich selbst befinde mich auf meinem Flug zur Nimitz. Wir sehen uns, Peter. Halten Sie die Ohren steif."

„Ja, ich versuche es, danke Sir"

„Keine langen Reden, hauen Sie da ab."

Sofort nahm er Nina auf den Arm und trug sie hinaus. Doch vor der Honda postiert standen die beiden Mörder von Kao Mai, denen noch ihr Blut an den Anzügen klebte. Ohne Skrupel zog Peter die Abzugshebel der Maschinenpistolen durch. Nina rutschte ihm beinahe aus den Armen, als die beiden Schnellfeuerwaffen losbellten. Die beiden Männer des Khan fielen völlig überrascht in sich zusammen. Eines der Projektile hatte den Tank seiner Honda getroffen. Benzin sickerte aus dem defekten

Behältnis heraus. Trotzdem startete Peter das Motorrad. Jetzt galt es nur noch, keine Zeit mehr zu verlieren. Noch bevor sie die Lichtung erreichten, verstarb der Motor der Honda aus Benzinmangel. Peter griff sich den schlaffen Körper von Nina und trug ihn zur Lichtung. Aus der Ferne vernahm er das Flappen von Hubschrauber- Rotoren, die sich im Landeanflug befanden. Hinter ihm jedoch raschelte es verdächtig im Unterholz. Peter rannte, was das Zeug hielt, der Lichtung entgegen. Jetzt musste doch alles gutgehen. Er konnte die Black Hawks schon sehen, wie sie sich martialisch ihrem Ziel näherten. Plötzlich tauchten vier kleine, äußerst wendige Bo-Kampfhubschrauber auf, die sofort seine Position unter Feuer nahmen. Peter warf sich mit Nina flach auf den Boden. Mit seinen beiden Mini MPs konnte er den Hubschraubern nichts anhaben.

Die wendigen Bo-Hubschrauber griffen nun die Black Hawks der Amerikaner an, die emsig versuchten, sich mit ihren Bord-MGs ihre Gegner vom Hals zu halten. Doch aus der Ferne eilte bereits Hilfe herbei. Vier Apache Kampfhub- schrauber übernahmen die Sicherung der Black Hawks. Nur Minuten später stürzten bereits zwei der Bo`s in den Dschungel. Derweil landeten die Transporthubschrauber auf der Lichtung. Zwei Sanitäter griffen sich sofort den schlaffen Körper von Nina, die wieder bewusstlos geworden war. Auf einer Trage schleppten sie die Agentin zum Hubschrauber. Peter folgte ihnen. Sobald sie zugestiegen waren, hob der Black Hawk gleich wieder ab. Knapp vierzig Minuten später setzten die Hubschrauber beinahe zeitgleich auf dem Landedeck der Nimitz auf. Auf dem Flugzeugträger waren sie sicher. Während Peter nach einer ordentlichen Dusche mit dem Skipper und dem Admiral in der Offiziersmesse speiste, wurde Nina bereits operiert. Sie hatte viel Blut verloren und erhebliche Verletzungen im Genital- und Analbereich davongetragen.

Am Nachmittag betrat Peter den Sanitätsbereich des Flugzeugträgers. Nina hatte den OP bereits verlassen und lag im Aufwachraum. Der behandelnde Arzt beruhigte Peter ein wenig ob all seiner Sorgen und bat ihn am nächsten Morgen gegen zehn Uhr wiederzukommen. Peter rief aus seiner Kajüte Simon Sharp an und bedankte sich für dessen Einsatz.

„Wie geht es Miss Brennan, Peter?"

„Dazu kann ich erst morgen früh etwas sagen. Sie wurde bis eben operiert. Die Frauen und Männer des Khan sind Tiere und haben sich entsprechend an Nina ausgetobt. Dagegen waren die Folterknechte der Roten Khmer wahre Waisenknaben."

„Was ist mit der thailändischen Kollegin, Peter?"

„Sie wurde von den Schergen dieses Wahnsinnigen grausam ermordet. Ich konnte dies leider nicht verhindern.

„Keine gute Nachricht. Ok, Sie halten mich bitte auf dem Laufenden, Peter."

„Selbstverständlich, Sir."

Peter hatte aus Sorge um Nina kaum geschlafen. So stand er schon gegen kurz vor neun Uhr im Eingang zum Sanitätsbereich des Schiffes. Obwohl Nina noch nicht aufgewacht war, ließen die Ärzte ihn zu ihr. Als sie erwachte, nahm er ihre Hand. Nina weinte, als sie Peter erkannte.

„Hallo, Peter, wo bin ich gerade?"

„In der Krankenstation der USS Nimitz."

„Es ist alles vorbei, Peter. Wir können keine Kinder mehr bekommen. Sie haben mir mit allen möglichen Gegenständen die Gebärmutter zerstört und mich ständig vergewaltigt. Zwei Zehen und zwei Finger wurden mir mit einem alten Bolzenschneider abgeschnitten. Meine Brustwarzen haben sie mit einem glühend heißen Messer abgetrennt. Meinen Kopf haben sie so lange in abgestandenes Güllewasser gedrückt und mich dabei vergewaltigt, bis ich vor Schmerz tief Luft geholt habe. Ich habe literweise von dem Wasser eingeatmet. Dadurch leide ich an einer schweren Lungenentzündung mit erheblichen Folgeerscheinungen, die mir nicht mehr ermöglichen, umfangreich Sport zu treiben. Ich werde den MI6 verlassen und versuchen als Flugzeugingenieurin zu arbeiten."

„Aber deshalb können wir doch zusammenbleiben und eine Familie gründen, Nina."

„Nein, Peter, du brauchst eine Frau, die dir Kinder schenken kann. Ich weiß nicht einmal, ob ich auf Dauer an einen Rollstuhl gefesselt sein werde, wenn die Nervenentzündungen weiter fort-

schreiten. Vergiss mich, Peter. Glaub mir, es ist besser so."

„Aber warum denn? Auf dem Gut fahren keine Autos. Du kannst dich dort frei bewegen."

„Ja, und du reitest aus, während ich dann zurückbleiben muss. Nein, Peter, bitte. Geh jetzt. Wir sollten uns nicht wiedersehen. Aber vielen, vielen Dank, dass du dein Leben für mich eingesetzt hast, um mich zu retten. Eigentlich war ich schon tot. Mach es gut, großer Krieger und bleib gesund."

Peter sah, dass Nina weinte. Er wollte sie in seine Arme nehmen. Doch sie wand sich ab. Wenig später schlief sie erneut ein. Peter war völlig sprachlos. Er hatte mit allem gerechnet, aber nicht mit so einer Abfuhr. Traurig verließ er die Krankenstation und begab sich in seine Kajüte. Als nächstes berichtete er seinem Chef über Ninas Zustand. Am nächsten Morgen stand für Peter eine F14 Tomcat bereit, die ihn nach Kuala Lumpur bringen sollte. Der Pilot saß bereits im Cockpit, als Peter einstieg. Er hatte versucht, noch einmal mit Nina zu reden, doch sie lehnte jedes weitere Gespräch ab. Drei Tage später saß er im Büro seines Chefs Simon Sharp gegenüber.

„Nun, Peter, das Ausschalten der russischen U-Boot- Zentrale hat für erhebliches Aufsehen in der westlichen Welt gesorgt und alle unsere NATO-Partner sind glücklich über den Ausgang. Alle Partner sind froh, dass damit die geheimen Feindfahrten der russischen U-Boote endlich aufgehört haben und sie ihre Überschallraketen

nicht mehr einsetzen können. Jedenfalls von ihren U-Booten aus nicht. Sie waren ein glänzendes Team. Doch wir müssen jetzt davon ausgehen, dass Miss Brennan den Dienst quittieren wird und wohl auch muss. Es versteht sich von selbst, dass wir ihr beim Aufbau einer neuen Existenz behilflich sein werden. Sie sollten für ein paar Tage Ihre Eltern in Schottland besuchen, bevor ich Sie wieder in einen Einsatz schicke."

„Ja, Sir, das wird wohl das Beste sein."